小故事大道理系列

心灵鸡汤美德篇

阿姨，您请坐

《青少年成长智慧库》编委会　编著

天津出版传媒集团
天津科技翻译出版有限公司

图书在版编目（CIP）数据

心灵鸡汤 . 美德篇 : 阿姨，您请坐 /《青少年成长智慧库》编委会编著 .— 天津 : 天津科技翻译出版有限公司 ,2012.9（2021.7 重印）
（小故事大道理）
ISBN 978-7-5433-3112-9

Ⅰ . ①心… Ⅱ . ①青… Ⅲ . ①故事—作品集—中国 Ⅳ . ① I247.8

中国版本图书馆 CIP 数据核字 (2012) 第 214488 号

出　　版：天津科技翻译出版有限公司
出 版 人：刘子媛
地　　址：天津市南开区白堤路 244 号
邮　　编：300192
电　　话：（022）87894896
传　　真：（022）87895650
网　　址：www.tsttpc.com
印　　刷：天津画中画印刷有限公司
发　　行：全国新华书店
版本记录：889 × 1194　16 开本　8 印张　180 千字
2012 年 9 月第 1 版　2021 年 7 月第 2 次印刷
定　价：36.00 元

前言

中华民族是一个有着悠久文化传承历史的礼仪之邦。美德，对于我们每个人来说，不仅仅是修炼自身人格、提升魅力的重要因素，还是我们身体中流淌着的血液传递给我们的一种民族精神。

今天我们已经身处在一个市场经济高度发达的商业社会。面对越来越多物质享受的诱惑，我们一遍一遍地问自己，怎样才能继承发扬具有五千年历史的传统美德，这是中华民族赖以生存和发展的道德根基和思想基础。尤其是这些在人生道路上才刚刚开始学习的孩子们，他们是不是能够端正自己的道德情操和道德行为健康成长，这成了我们最担心的问题。

随着时代的改变，人们的人生观、世界观都发生了很大的变化。在孩子的成长过程中，几乎所有的家长都急切地希望能够找到一种真正呵护孩子的力量。最后他们发现，这种力量来自于孩子本身，源于他们美好的品德和坚强的精神。

现在中国家庭的孩子大部分是独生子女。他们很容易被父母放在一个“独特”的位置，也很难从兄弟姐妹之间学到宽容和照顾。这往往会使他们形成以自我为中心的为人方式，甚至进一步形成一些不良习惯。长此以往积累下去，就很可能为他们的将来带来严重的后果。

目前我国的教育也正处于一个不够成熟的阶段。学校和课下的教育往

往过分注重了对于分数和各种特长的追求，而忽略了对孩子们品德、思想的有效引导和潜移默化的正面影响。再加上一些不良社会意识一点一滴地渗入，就使得一些孩子容易形成自私、脆弱、虚荣、懒惰等性格。这种不良习性一旦形成，就很难再改变，也会对孩子的一生造成难以弥补的影响。

作为家长，我们必须清楚地认识到，在教导孩子文化知识的同时，我们也必须教会他们做人，这样才能正确引导他的将来。然而，对孩子道德品质的教育培养，是一个日积月累、潜移默化的过程。从孩子出生到他长大成人，对道德的培养应该要贯穿始终。并且在这个过程中，父母也应该能够以身作则，因为你们是孩子最亲近也最直接的模仿对象。

古罗马诗人贺拉斯曾经提出“寓教于乐”的教育方法。尤其是对儿童的道德培养，更应该采用这种方法。在很多时候，我们发现给孩子看一个简单的事例，远比直接说教效果好得多。本书正是基于这一观点，精心选择了国内外 47 篇读起来简单但很有意义的小故事，从不同角度展现并赞扬了诚实、勇敢、善良、勤奋、自信、坚强等众多优秀品质，使孩子们在阅读过程中体悟到真正的美德，教导他们面对挫折、错误、困难时，要采用积极正确的处世方法，同时培养他们健康、端正的心态和思考方式。

最后，愿这些珍贵的小故事，为孩子们的生活增添一丝色彩，也为他们的心灵点燃一盏指引着美好方向的明灯！

编　者

目录

目录

目录

目录

1. 孝顺的珠宝商

几位犹太老人准备买一些宝石，镶在他们职位最高的教士的袍子上。他们选择了一位以具有许多优秀品质而著称的年轻珠宝商。

珠宝商热情接待了他们，并且说，有他们想要的那种宝石。但是当他们提出一个合理的价格，表示想看一看那些宝石时，年轻珠宝商回答说现在不能给他们看那些宝石，请他们过些时候再来。

老人们想也许珠宝商是想提高价格，但他们不想再耽搁时间了，于是他们给出了更高的价格。然而，价格虽然一路飙升，从原价格涨到两倍，甚至三倍，珠宝商还是拒绝把那些珠宝拿给他们看。老人们被激怒了，他们怒气冲冲地离开了那里。

几个小时后，珠宝商带着宝石找到了犹太老人们。宝石很绚丽，完全符合他们的要求，而且，这么罕见的宝石不是任何地方都有的。于是老人们原谅了他刚才的失礼，决定要这些宝石，他们给出了刚刚给过的最高价，但是珠宝商说："我只要你们今天早晨给出的那个合理的价格。"

老人们很奇怪，问："那你刚开始为什么不和我们做这笔生意呢？"

珠宝商笑笑说："我的父亲拿着保存宝石的柜子的钥匙，你们来的时候他正在睡觉，我要给你们看宝石的话就不得不叫醒他。在他这样的年龄，睡上一小时对他很有好处。所以即使给我全世界的金钱，我也要先考虑我的父亲，我不能打扰他休息。"

老人们被感动了，他们轻拍着珠宝商的头说道："爱你的父亲和母亲，有一天你的孩子也会像你爱你的父亲一样爱你、尊敬你。主会保佑你的。"

美德心语

现在让你做一道选择题，昂贵的宝石和爸爸的睡眠相比，哪一个更重要？故事中的珠宝商毫不犹豫地选择了爸爸的睡眠。这就是孝顺儿子的表现。小朋友，你有没有做过这种孝顺父母、为他们着想的事情呢？

2.威利不怕黑了

威利特别怕黑，妈妈为了让威利不再怕黑，终于想出了一个好办法。

“威利，你能到楼上，从壁橱里把我的插针垫拿来吗？”威利没有动。

“我怕。”威利说。

“怕什么？怕黑吗？”

“是啊。”

妈妈说：“威利，你过来看看！它只是一个影子而已。”

她把手伸向灯与桌子上的针线篮之间。

“你看，现在篮子里是黑的，但只要我把手移开，它就亮了。”

“来，威利，站在灯与墙之间。看！你的影子在墙上了。你的影子会伤害你吗？”

“哦，是的，妈妈！我相信它不会伤害我的。”

“对呀，黑暗只是笼罩万事万物的大影子。”

“是什么制造的大影子，妈妈？”

“当你再长大一点后，我会告诉你的，威利，不过不是现在。我希望你成为一个不害怕影子的勇敢男孩。你敢到楼上把我的插针垫拿来了吧？”

“我敢，妈妈。我这就去拿给你。”

“谢谢，我勇敢的小男子汉。你看黑暗并没有伤害你。”

从此，威利再也不怕黑了。

美德心语

晚上你需要开着灯睡觉吗？一个人在家你害怕吗？其实黑暗没什么可怕，只不过是被一些东西挡住了光线而已。那么现在，你还怕黑吗？记住，黑暗并不会伤害你，你需要的只是一颗勇敢的心。

3. 诚实后的辉煌

在华盛顿举办的美国第四届全国拼字大赛中，南卡罗来纳州冠军——11 岁的罗莎莉 · 艾略特一路过关，进入了决赛。当她被问到如何拼“招认”(avowal) 这个字时，她轻柔的南方口音，使得评委们难以判断她说的第一个字母到底是 A 还是 E。

评委们商议了几分钟之后，将录音带倒带后重听，但是仍然无法确定她的发音是 A 还是 E。解铃还需系铃人。最后，主评约翰 · 洛伊德决定，将问题交给唯一知道答案的人。他和蔼地问罗莎莉：“你的发音是 A 还是 E？”

其实，罗莎莉根据他人的低声议论，已经知道这个字的正确拼法应该是 A，但她毫不迟疑地回答，她发音错了，字母是 E。

主审约翰 · 洛伊德又和蔼地问罗莎莉：“你大概已经知道了正确的答案，完全可以获得冠军的荣誉，为什么还说出了错误的发音？”

罗莎莉天真地回答说：“我愿意做个诚实的孩子。”

当她从台上走下来时，几乎所有的观众都为她的诚实而热烈鼓掌。

第二天，有一篇报道这次比赛的短文：《在冠军与诚实中选择》。短文中写道，罗莎莉虽没赢得第四届全国拼字大赛的冠军，但她的诚实却感染了所有的观众，赢得了所有观众的心。

美德心语

诚实是一笔无形的财富。虽然有的时候，暂时的荣誉似乎更诱人，在鲜花和掌声的面前，的确会有人放弃对诚实的守护。其实，拥有了诚实，我们会拥有更多的辉煌。它是我们人生路上不灭的绿灯，是我们走向成功的最好通行证，它能够使我们赢得别人的尊重，从而收获辉煌。

4. 国王和医生

从前有一位国王得了重病，宫中御医用了各种办法，国王的病情依然不见好转。这时从外地来了一位医生治好了国王的重病，国王非常感激他。知恩不报非君子，国王的第二次生命全靠了这位医生，他因此决定重赏医生。

于是，国王暗地里吩咐属下携带很多财宝，赶到医生的家乡，为医生修建了深宅大院，木器家具一应俱全。另外国王还派人为医生置办了大量田产，赐给他成群的牛羊。一切都安排妥当之后，属下又悄悄回宫。

这时，国王的病已彻底痊愈。他对医生说：“我的病已经痊愈，非常感谢你，你可以走了。”

医生原以为会得到国王丰厚的奖赏，毕竟国王的第二次生命是他挽回的，可现在国王一点封赏的意思也没有，他心中非常恼怒，但也只好暗自将怨恨埋在心中。

医生带着愤愤不平的情绪回到了家乡。可是回到家一看，禁不住让他大吃一惊，听着乡人的赞叹与羡慕之词，医生在惊愕之余，不禁惭愧至极。他情不自禁地自言自语道：“国王真是位有德之人，知恩图报，给我的奖赏远远超过了我所希望的；而我却心胸狭窄，误认为国王是不义之人，满怀怨恨，实在是以小人之心度君子之腹啊！”

美德心语

医生治病救人，是他的天职，所以，即使是国王没有给他什么报酬，也不能对国王心存怨恨，因为，助人为乐是一种美德。如果你在帮助别人的同时想着别人会给你什么回报的话，就给你的帮助打了一些折扣。任何一个有作为的人，都不会去计较一些小的得失，因而才会有宽阔的人生。

5. 乌鸦妈妈和小乌鸦

乌鸦妈妈在大树上做了一个温暖而又舒适的窝。有一天，乌鸦妈妈孵出三只活泼可爱的小乌鸦，它们长着黑黑的羽毛，黄黄的嘴。乌鸦妈妈心里可高兴了，非常疼爱它们。不论刮风下雨还是大雪纷飞，乌鸦妈妈都飞出去找虫子给小乌鸦吃。可小乌鸦们还没到一岁，只能让妈妈一口一口喂自己吃，它们吃得津津有味。

小乌鸦们在妈妈的精心照顾下慢慢长大，羽毛也丰满了。乌鸦妈妈对小乌鸦们说：“孩子们，你们已经长大了，妈妈教你们学本领，好吗？”小乌鸦们一听，高兴得一蹦三尺高，连声说：“好呀！好呀！好呀！……”乌鸦妈妈把小乌鸦们带到一块空地上，手把手耐心地教它们如何飞行、捉食……聪明的小乌鸦们一看就懂，为了更好地掌握技术，它们每天刻苦练习，没过几天就把妈妈的本领学到了手。

从此，小乌鸦们不再依赖妈妈，离开了妈妈寻找自己幸福的生活。一年又一年，乌鸦妈妈渐渐老了，脸上的皱纹多了许多，还不时生病。有一次，乌鸦妈妈一病不起，再也不能飞出去捉虫子吃。小乌鸦们回来探望妈妈，看见妈妈脸色苍白，它们心里难过极了。小乌鸦们不停安慰妈妈说：“妈妈，您安心养病吧！我们会照顾您的……”从此一只小乌鸦在窝旁陪妈妈说话，其他两只飞出去找东西吃，就这样它们过着幸福的生活。

美德心语

乌鸦很小的时候，乌鸦妈妈辛辛苦苦地养育它，等小乌鸦长大了而妈妈老了的时候，小乌鸦就自愿地照顾起妈妈。这就好像是人一生的过程，所以当你的爸爸妈妈老的时候，你也要主动地照顾他们哦！

6. 用爱化解仇恨

很久以前，有一位年老的国王，他决定不久后就将王位传给三个儿子中的一个。一天国王把三个儿子叫到跟前说：“我老了，决定把王位传给你们三兄弟中的一个，但你们三个都要到外面去游历一年。一年后回来告诉我，你们在这一年内所做过的最高尚的事情。只有那个真正做过高尚事情的人，才能继承我的王位。”

一年后，三个儿子回到了国王跟前，告诉国王自己这一年来在外面的收获。

大儿子先说：“我在游历期间，曾经遇到一个陌生人，他十分信任我，托我把他的一袋金币交给他住在另一镇上的儿子；当我游历到那个镇上时，我把金币原封不动地交给了他的儿子。”

国王说："你做得很对，但诚实是你做人应有的品德，不能称得上是高尚的事情。"

二儿子接着说："我旅行到一个村庄，刚好碰上一伙强盗打劫，我冲上去帮村民们赶走了强盗，保护了他们的财产。"

国王说："你做得很好，但救人是你的责任，还称不上是高尚的事情。"

三儿子迟疑地说：“我有一个仇人，他千方百计地想陷害我，有好几次，我差点就死在他的手上。在我的旅行中，有一个夜晚，我独自骑马走在悬崖边，发现我的仇人正睡在一棵大树下，我只要轻轻地一推，他就会掉下悬崖摔死。但我没有这样做，而是叫醒了他，告诉他睡在那里很危险，并劝告他继续赶路。后来，当我下马准备过一条河时，一只老虎突然从旁边的树林里蹿出来，扑向我。正在我绝望时，我的仇人从后面赶过来，他一刀就结果了老虎的命。我问他为什么要救我的命，他说‘是你救我在先，你的仁爱化解了我的仇恨。’这……这实在是不算做了什么大事。”

“不，孩子，能帮助自己的仇人，是一件高尚而神圣的事。”国王严肃地说，“来，孩子，你做了一件高尚的事，从今天起，我就把王位传给你。”

美德心语

“投之以桃，报之以李。”这毕竟是一个充满了爱和宽容的世界，不要长久地仇视他人，要懂得用宽容的心、用爱，去看待仇视自己的人，用爱化解仇恨。这样的人才是一个高尚的人，大气的人。

7．困苦中爱美

第二次世界大战结束后，在德国的土地上到处是一片片废墟。

美国社会学家波普诺带着几名随从到实地察看。他们看了许多户住在地下室的德国居民。而后，波普诺就向随从人员问了一个问题：“你们看像这样的民族还能够振兴起来吗？”

“难说。”一名随从人员随口答道。

“他们肯定能！”波普诺非常坚定地给予了纠正。

“为什么呢？”随从人员不解地问道。

波普诺看了看他们，又问：“你们在到了每一户人家的时候，看到他们的桌上都放了什么？”

随从人员异口同声地说：“一瓶鲜花。”

“那就对了！任何一个民族，处在这样困苦的境地还没有忘记爱美，那就一定能在废墟上重建家园！”

美德心语

小朋友们有没有被德国人那种热爱生活的精神感动呢？这个故事告诉我们：世界上没有让人绝望的环境。如果说有，那也是人们对自己的绝望。不管遇到什么困难，都不要忘记生活是可以很美的。

8. 勤俭节约的雷锋叔叔

一个星期天，雷锋叔叔的战友王大力把所有战士的袜子和衣服都洗了。雷锋叔叔正在晾衣服时，发现自己的旧袜子不见了，他就到处寻找。

这时，王大力说：“雷锋，你有那么多存款，还这么舍不得买一双袜子。你瞧，你这双袜子穿在脚上不觉得难受？”

雷锋叔叔说："只要不耽误我的工作就可以啦！"

王大力又说："那你不觉得难看吗？"

"咱们军人不是把袜子穿给别人看的。"雷锋叔叔正色地回答道。仅凭这几句话，就已经体现出了雷锋叔叔的节约精神。他每个月只有6元钱津贴，却把钱存在银行，一年一年过去了，雷锋把省下来的钱全都捐给了灾区人民，可是他自己却舍不得买新袜子。

雷锋叔叔是多么节约啊！

美德心语

雷锋叔叔是我们国家的骄傲，他的精神永远值得我们学习。这是一个关于他勤俭节约的故事，小朋友们读完了有没有为自己的浪费感到脸红呢？虽然我们早已不用像雷锋叔叔那样穿打补丁的旧袜子，但是勤俭节约永远是我们应该学习的美德之一。

9. 黄香扇枕

汉朝的时候，有个少年叫黄香。他总是主动地帮父亲做家务，邻居们都夸他是个懂事的好孩子。黄香9岁那年的夏季，父亲得了一场重病，卧床不起。小黄香十分着急，跑了很远的路请来大夫为父亲治病。

拿着大夫开的药方，小黄香又亲自抓药和煎药，然后一口一口地喂给父亲吃。

到了晚上，小黄香怕飞来飞去的蚊虫影响父亲休息，便搬来一个小板凳，坐在床边替父亲扇扇子，驱赶蚊蝇、扇凉，直到天亮。

第二天晚上，父亲怕小黄香熬坏了身体，关切地说："孩子，我好多了，你去睡一会儿吧。"小黄香却执意不肯，说："以前我生病时，您也是这样照顾我的，现在您的病还没

好，我怎么睡得着呢！”

在小黄香的精心护理下，父亲的病很快就痊愈了，可是小黄香却累瘦了。

父亲把黄香紧紧搂在怀里，流下了眼泪：“真是辛苦你了！”

黄香长大以后，被朝廷选为孝廉（孝顺廉洁的人），做了大官。为官期间，他对百姓十分仁厚，受到了广泛颂扬。

美德心语

孝顺是中华民族的传统美德。小黄香照顾生病的父亲的故事流传很广，大家都很赞赏他的行为。在我们的成长过程中，每一步都离不开父母的关怀，父母为我们的健康成长付出了全部的心血。当父母需要我们照顾的时候，我们是否能做到像小黄香一样的尽心尽力呢？相信你是有爱心懂得孝顺的好孩子，一定可以比小黄香做得更好，对不对？

10. 最好的圣诞礼物

罗伯15岁那年，仍待在父亲的农场。圣诞节前的一天，他无意中听到父亲对母亲说的话，才意识到自己很爱父亲。

“玛丽，我真不愿在早晨叫醒罗伯。他现在长得真快，正需要睡眠，我真想自己一个人顶着干。”父亲的话充满关爱。

“唉，你干不了，亚当。”母亲的声音很清脆，“另外，他也不是小孩子了，是他干活的时候了。”

“是呀，”父亲缓缓地说，“不过我真不愿意叫醒他。”

听到这儿，他的内心似乎有什么东西被唤醒了：父亲如此疼爱他！这一点他从来没有意识到，认为父子关系就应该是这样的。既然明白了父亲疼爱他，那么一清早就不应该那么磨磨蹭蹭地，老是要父亲叫醒。他起床了，睡眼惺忪，穿上了衣服。

圣诞节前一天夜晚，他躺在床上琢磨第二天应干些什么。他们一家生活清贫，给他们带来最大节日享受的是自家饲养的火鸡，还有母亲亲手做的碎肉馅饼和姐姐自己缝制的礼物。父母给他买些他需要的东西，不仅仅是一件暖和的夹克衫，或许还有些别的，比如一本书。他呢？他用自己节省下来的钱买点儿东西回赠他们。

他在思量，在自己 15 岁的圣诞节，要给父亲一件更好的礼物，不再是那小店铺买来的普普通通的领带。他侧身躺着，注视着顶楼的窗外。

“爸爸，”有一次他这样问，那时他还很小，“什么是马厩？”

“那就是一个牲口棚，”父亲回答，“跟我们的牛栏差不多。”

听说，耶稣就诞生在一个马厩里，牧羊人和头领还把圣诞礼物送到马厩里呢！

一个主意在他眼前闪过。他为什么不能给父亲一件特别的礼物呢？就在外面的牛栏里呀！

望着天边的星星，他失声笑了：就这么干，不过可不能睡得太死了。

他一定醒来过 20 次！每次都划着一根火柴，看一眼那只旧表。3 点还差一刻，他起身了，悄声下楼。为了不让那楼板发出嘎吱嘎吱的响声，他格外小心。出了家门，一颗明亮的星星低悬在屋顶上空，放射出金黄又略带微红的光泽。他走进牛栏，奶牛看着他，既困倦又惊奇，对于它们来说，挤奶的时间似乎太早了点儿。

它们平静地等候着他。他为每头牛加了点儿草，又取来了奶桶和大奶罐。

他从来也没独自挤过奶，但是这活儿看来也并不难。他嘴角挂着微笑，不停地干着。牛奶像两条白柱倾入奶桶，泛着白色的泡沫，溢出诱人的奶香。牛很听话，似乎也知道是过圣诞节哩。

事情比设想的顺利。挤一次奶也并非难事，这就是他奉献给父亲的圣诞节礼物呀。终于干完了，大奶罐都盛得满满的。他加上盖，轻轻关上牛栏的门，还检查了门闩。他在门边放了一只凳子，挂上了空奶桶，走出牛栏，关了门。

回到自己屋里，只一分钟的工夫，他就脱掉了衣服，迅速爬上了床，他听见了父亲的起床声，马上用被子蒙上了脑袋，盖住那急促的喘气声。这时，门被打开了。

“罗伯！”父亲叫他，“得起床了，圣诞节也一样。”

“噢——”他梦呓般地应道。

“我先去，”父亲说，“做点准备工作。”

门关上了。他静静地躺着，笑出声来。只消几分钟，父亲就会明白，一切都由他独自干完了。他的心高兴得快要跳出来了。

几分钟的工夫，似乎没了尽头——10分钟，15分钟，不知道过了多少分钟——终于听到了父亲的脚步声。门，又被打开了。

“罗伯！”

“嗯，爸爸——”

“我可以发誓……”父亲笑了，是一种奇怪的哧哧的笑声，“你要弄了我，是吗？”父亲站在床边，正在摸他，又把被子掀开了。

“今天是圣诞节，爸爸！”

他也摸到了父亲，并紧紧地抱住了他。他感到父亲的双手也搂住了他。黑暗中，彼此看不清对方的脸。

“我的好儿子，我感谢你。没有什么人干过比这更好的事情了——”

“爸爸，我要你知道——我真想学好样的！”他自己也不知道怎么说出了这句话，他实在不知道说什么好。他那颗挚爱父亲的心一个劲地跳动着。

“好吧！我还可以回去躺一会儿呢！”父亲停了一下，又说，“不，你听弟妹们都醒来了，你想想，我还从来没有见过你们小孩子第一次看到圣诞树时的高兴劲呢！我老是待在牛舍里。快起来吧！”

他又穿上了衣服。父子俩下楼去看圣诞树。没多久，太阳爬到了刚才那颗星星的位置上。啊！多么美好的圣诞节！当父亲把刚才发生的一切告诉母亲的时候，他又羞愧又自豪，那颗心又激烈地跳动起来。

“这是我所得到的最好的圣诞礼物，我得记住它，我的儿子，每一年圣诞节的早晨我都会记起它，只要我还活在人世。”

美德心语

从我们小时候起，爸爸妈妈就无时无刻不在关心着我们、爱护着我们。但是小朋友，你有没有对你的爸爸妈妈表现出爱和关心呢？有没有曾经像这个故事中的男孩那样，理解你的父母对你的爱，用自己的劳动换来一份礼物，来感谢你的父母呢？如果不曾有过，那么现在开始做还不晚哦！

11. 一个坚果

在森林里，两个男孩在一起玩耍。突然约翰喊道：“看，那棵大树上，一个又大又好的坚果！”于是他们俩都跑过去要摘这个果子。

詹姆士跑得快，先把它摘了下来。

可是两个男孩开始为这个坚果争吵起来了。

“给我，这是我的。”约翰说，“因为是我先看到它的。”

“不给。”詹姆士说，“我先摘到的就是我的。”

他们争吵了好长时间，仍没有办法为这个坚果的归属达成一致。就在这时，一个年龄稍大的男孩经过这里，他们拉住这个男

孩，让他给评评理。

这个男孩看了看两个争得面红耳赤的孩子说：“让我来解决你们的争吵吧。”

他拿过坚果，两个男孩都没有异议。只见这个男孩敲破了坚果的硬壳，取出果仁，然后把果壳小心翼翼地分成几乎相等的两部分。

然后他看了看两个等着他发话的小男孩说：“果壳的这半部分，属于最先看到这个坚果的人。”

“果壳的另外一半属于摘到这个坚果的人。”

约翰和詹姆士盯着这个来帮他们解决争端的人，感到莫名其妙。

“坚果的果仁呢，我就把它留给自己了，作为我解决这次争吵的报酬。”随后，他大笑着说，“这就是争吵最容易出现的结局。”

美德心语

贪心的人往往会失去所有，我们要有一颗知足的心，一颗善良宽厚的心，一颗包容谅解的心，只有这样，我们才能真诚地去面对他人，很好地和他人相处，才能避免和他人发生不必要的冲突，才能避免“鹬蚌相争，渔翁得利”的情况发生。

12.蝶的勇气

杰克走在佐治亚州某个森林里的小路上，看见前面的路当中有个小水坑。他只好略微改变一下方向从侧翼绕过去，就在接近水坑时，他遭到突然袭击！

这次袭击是那么出人意料，袭击者是一只蝴蝶。

他笑了，又向前跨了一步。攻击者又开始向他俯冲过来。它用头和身体撞击他的胸脯，用尽全部力量一遍又一遍地击打他。

他退后一步，攻击者因此也就延缓了攻击。他每次向前迈出一步，它都不顾一切地向他冲来，他不得不退后一步。最后一次，他退后了好几步，以便仔细观察一下敌情。攻击者撤退了，栖息在地上。就在这时，他才弄明白它刚才为什么要袭击自己。

它有个伴侣——一只红蝴蝶——就在水坑边上，好像已经不行了。它待在它伴侣的身边，尽管红蝴蝶快要死去，而杰克又是那么庞大，但为了它的伴侣它依然责无旁贷地向杰克进攻。它这样做，是怕杰克经过时不经意踩到它的伴侣，它的进攻和保护给它的伴侣带来尽可能多一点生命的珍贵时光。

美德心语

英勇是一种力量，但它不是脚步和双肩的力量，而是指心灵和灵魂的力量。尽管有时候这种力量显得那么微弱，但它也能够给人以心灵的震撼，更能够保护自己最珍爱的东西。

13. 西齐弗的故事

西齐弗在天庭触犯了天条，被天神惩罚，降到人世间来受苦。天神对他的惩罚是：每天要推一块石头上山。

第一天，西齐弗费了很大的力气把一块石头推到山顶。可是，就在他刚把石头推到山顶准备休息时，石头又自动地滚下去了。于是，西齐弗还得再一次把那块石头推到山顶……

就这样，西齐弗面临的是：永无止境的失败。天神这样惩罚西齐弗，就是要折磨他的心灵，使他在“永无止境的失败”的命运中，受

苦受难。

可是，西齐弗不肯认命。他认为只要自己不认输，就一定会成功，他想通过他的勤奋来打动上苍。

可是，在他每次推石头上山时，天神都打击他，告诉他不可能成功。西齐弗不肯在成功和失败的圈套中被困住，一心想着：推石头上山是我的责任，只要我把石头推上山顶，我的责任就尽到了，至于石头是否滚下去，那不是我的事。

当西齐弗再次努力把石头推到山顶时，他的心里显得非常平静，因为他安慰着自己：明天还有石头要推，明天还有希望。

天神终于被西齐弗的勤奋所打动，于是，就放他回了天庭。

美德心语

“事情，远没有想象中的那么糟。”我们一定要记住这句话，在我们踟蹰不前的时候，它可以给我们以警醒。有时候，失败并不是因为我们没有能力，而只是因为我们把情况看得太糟糕。放松自己的心态，给自己点信心，前方的路其实充满了希望。

14.最贵的蛋是“笨蛋”

阿瓜是个弱智的小孩。

在三年级(1)班里，他的成绩是倒数第一。同学们也常取笑他，说他“头大不中用”。每天放学后值日生搞卫生，他都会主动地留下来帮忙倒垃圾。更让同学们不解的是，白天上课，每隔两节课，他就会条件反射性地把垃圾桶拿到洗手台前认真刷洗。原先最脏臭的角落，因为阿瓜的负责变成了教室内最醒目的净土。

他总是微笑着，并纯真地看别人以怪异复杂的眼光看自己。

有一次，老师出了一个脑筋急转弯的问题：世界上最贵的蛋是什么蛋？

有人说是金蛋，有人说是原子“弹”，有人说是脸蛋。

这时，阿瓜也举手发言，高兴地说："是笨蛋，因为大家都叫我笨蛋！"

同学们笑了，老师却没有笑，她走过去轻拍阿瓜的脑袋说："是的，你最贵！"

阿瓜的母亲每天放学后都会骑摩托车到校门口接他。一个冬天下雨的傍晚，在回家的路上，阿瓜看见一位独自行走的同学，他知道这个同学的家离学校较远，便央求妈

妈顺道载同学回家，可惜因车后座装了个铁篮子，无法再多载另一个人而作罢。

回家后，妈妈忙着在厨房做饭，却隐隐约约听见门外传来一阵奇怪的声音，出门一看，原来是阿瓜正满头大汗地用老虎钳在拆掉铁篮子……

妈妈深深地叹了口气，但眼里却涌出了泪花。

多么笨的孩子啊，又是多么善良的宝贝！是因为笨才善良，还是因为善良，才显得笨？

美德心语

看到这个故事的结尾，你会觉得阿瓜是一个笨小孩吗？当他满头大汗地用老虎钳拆掉妈妈摩托车后座上的铁篮子时，你会认为他的行为很愚蠢吗？生活中有很多细节会被我们忽视，如教室角落的垃圾桶，有多少同学记得去清理？阿瓜的“笨”行为换来了大家更舒适的学习环境，这样的“笨”行为其实是多么可贵啊！

15. 找牧师评理的农夫

从前有一个农夫因为一件小事和邻居争吵起来，争论得面红耳赤，谁也不肯让谁。最后，农夫只好气呼呼地去找牧师，因为牧师是当地最有智慧、最公道的人，他肯定能断定谁是谁非。

“牧师，您来帮我们评评理吧！我那邻居简直不可理喻！他竟然……”农夫怒气冲冲，一见到牧师就开始了他的抱怨和指责，正要诉说邻居的不是，就被牧师打断了。

牧师说：“对不起，正巧我现在有事，麻烦你先回去，明天再说吧。”

第二天一大早，农夫又愤愤不平地来了，不过，显然没有昨天那么生气了。

“今天您一定要帮我评个是非对错，那个人

简直是……”他又开始数落起邻居的恶劣。

牧师不快不慢地说：“你的怒气还没有消，等你心平气和后再说吧！正好我昨天的事情还没有办完。”

接下来的几天，农夫没有再来找牧师。有一天牧师在前往布道的路上遇到了他，他正在农田里忙碌着，心情显然平静了许多。

牧师问道：“现在你还需要我来评理吗？”说完，微笑地看着对方。

农夫羞愧地笑了笑，说：“我已经心平气和了！现在想来那也不是什么大事，不值得生那么大的气，只是给您添麻烦了。”牧师仍然心平气静地说：“这就对了，我不急于和你说这件事情就是想给你思考的时间让你消消气啊！记住：任何时候都不要在气头上说话或行动。”

美德心语

有句话说冲动是魔鬼，说得一点都没错。细想一下，我们是不是在冲动的时候做过很多错误的事情？其实，碰到恼火的事情只要让自己从 1 数到 10，怒气就会消退一半，然后再决定你是不是非要做这件事情。这样对谁都有好处。

16. 面对压力的詹妮

詹妮是一个很自信的女孩，她刚上中学的时候，学校有一个特别实验班，能在这个班里学习的孩子数学水准都很高。詹妮很想进入这个班集体，与其他人不同的是，她的数学基础不是很好，所以她面临很大的压力。

细心的妈妈看在眼里，就劝她不要去什么特别班了。可是詹妮却不同意，她说："我相信自己的能力，我一定能进入这个班的。"

以后，詹妮用数倍于别人的努力去学习。第一学期坚持下来，她的各科成绩都获得优秀，并顺利地通过了特别班的测试，圆了自己的梦想。

自信的人并不是没有压力，而是不盲目地自以为是，面对压力时能够正确认识自己，从容对待。刚刚进中学时，学校里开展了一系列的拓展训练：站在一块 7 米高的木板上，从一块木板跨到另一块木板。

詹妮起初很害怕，她去问教练："两块板之间的距离有多远？"教练说大概是 1 米到 1.3 米吧！詹妮偷着跑到旁边，在平地试了一下，发现自己使劲跨出去，能跨出 1.56 米，她心里有数了，完成了"知彼"。她又想：上去就当在平地，最差掉下来也有防护设施，只不过寒碜点而已，于是，她又完成了"知己"。结果，她又一次成功了。

这件事情让詹妮大受启发：只要做到知己知彼，就有成功的把握。学习也是一样的道理。

自信使詹妮在学校里非常优秀，她多次获得高额奖学金，还获得学校演讲比赛第一名。她到当地一家电视台当了一次嘉宾，就被导演看中，不久，成了这个节目的业余小主持人。

美德心语

女孩詹妮的经历相信很多小朋友都有过，但是你遇到困难时能像詹妮一样自信、勇敢地克服吗？如果不能也不要气馁，只要你有勇气、肯下功夫，就一定能像詹妮那样战胜一切困难。

17. 铅笔和橡皮

有一天早上，调皮蛋背着书包高高兴兴地去上学，他刚走到教室门口，忽然听见教室里传来轻轻的哭泣声。调皮蛋连忙走进教室，但奇怪的是教室里一个人也没有，哪里来的哭声呢？

调皮蛋顺着哭声找去，发现是自己桌子上的橡皮在哭。这下，调皮蛋被弄得丈二和尚摸不着头脑，橡皮好端端的哭什么呀？谁知还没等他反应过来，一件更奇怪的事情发生了：铅笔正跳过来安慰橡皮。铅笔说："橡皮弟弟，橡皮弟弟，你为什么哭呀？"橡皮一边擦着眼泪，一边委屈地说："唉！铅笔哥哥，你不知道，我的小主人调皮蛋可坏了，经常把我往地板上涂来涂去，把我的新衣服都弄脏了。这还不算，昨天还用小刀在我身上割来割去，你看，我现在满身是伤，好疼啊！"铅笔听了，也叹了口气说："是啊，他对我也不好，经常摘了我的帽子，掰断我的胳膊，还在

我脸上刻来刻去。”说完，它就把伤疤指给橡皮看。

这时，旁边桌子里的铅笔和橡皮、卷笔刀和文具盒都跑过来极其炫耀地说：“我们的主人可不这样，他对我们可好啦，非常爱惜我们。你看，我们身上一点伤都没有，还跟新的一样。”

调皮蛋听了它们的对话，脸红得像猴子的屁股一样，低下头很后悔地说：“我保证以后一定不会再伤害你们了，一定会好好爱惜你们，如果看到别人有不爱惜学习用品的，我也会去劝说他们。另外，我也会很节俭地尽最大力量发挥你们的功效，绝不会多浪费一点。”铅笔和橡皮听了调皮蛋的话，悄悄地竖起了大拇指。

美德心语

铅笔和橡皮是我们每天要用的学习工具。可如果有人故意拿着它们乱涂乱画，它们也会伤心的。小朋友，并不仅仅只有勤劳、善良才是美德啊，懂得珍惜也是值得我们一生学习的美好品格！

18.充满仓库的阳光

一位深具智能的父亲想考验一下自己的儿子们，看看他们兄弟中谁最聪明。于是就出了一道题：给三个儿子每人100块钱，要他们用这100块钱，去买他们所能想到的任何东西，再将买回来的东西，设法装满一个占地超过100平方米的巨大仓库。

大儿子想了很久，

决定将那100块钱全部去买最便宜的稻草。但稻草运回来之后，连仓库的一半都装不满。二儿子将那100块钱买了卫生纸，将一张张的卫生纸揉得松松散散的，但也只装了整座巨大仓库的三分之二。

小儿子看着两个哥哥的举动，等他们试过失败之后，轻松地走进仓库，将所有的窗户牢牢关上，请父亲和两个哥哥也走进仓库中。然后小儿子把仓库的大门关好，整个仓库变得伸手不见五指，黑暗无比。这时，小儿子推开了仓库的天窗，顿时，漆黑的仓库中充满阳光。

美德心语

紧闭的心灵，即使用尽心机、竭力奔波，找来再多的烦琐东西，也无法将它装满。其实能填满自己寂寞心灵的只有自己。只要肯打开心灵的天窗，阳光就一定能照进来，温暖你的心。

19. 酿酒法传说

传说，从前在一个小山村里有兄弟俩，在一次上山的途中，他们偶然与神仙邂逅。神仙授他们酿酒之法，叫他们把在端午那天收割的米，与冰雪初融时高山流泉的水调和，注入千年紫砂土铸成的陶瓮，再用初夏第一张看见朝阳的新荷覆紧，密封七七四十九天，直到鸡叫三遍后方可启封。

他们历尽千辛万苦，跋涉过千山万水，终于找齐了所有的材料，把它们一起调和密封，然后潜心等待那注定的时刻。

这是一个非常漫长的过程，兄弟两个终于熬到了漫漫长路的终点——第四十九天到了。两人整夜都没有睡，等着鸡鸣的声音。

远远地，传来了第一遍鸡鸣。过了很久很久，才响起了第二遍。第三遍鸡鸣到底什么时候才会来？其中一个再也等不下去了，他迫不及待地打开了陶瓮，却惊呆了——里面的水，像醋一样酸，又像中药一般苦，他把所有的后悔加起来也不可挽回。他失望地把它洒在了地上。

而另外一个，虽然欲望如同一把野火在他心里燃烧，让他按捺不住想要伸手，但他却还是咬着牙，坚持到了三遍鸡鸣响彻了天空。

“多么甘甜清澈的酒啊！”他终于品尝到了自己亲自酿的酒。

美德心语

有时候，成败的区别也就仅仅在于是否能够坚持到底，而且这个“底”，有时是一年，有时只是几天，有时仅仅是“一遍鸡鸣”而已。

20. 擦鞋童亨利

亨利是一个善良的小男孩，他的父亲已经过世了，家里非常贫穷，他还有一个两岁大的妹妹。

他想帮帮母亲，因为他母亲赚的钱总是不足以养家糊口。

一天，有位先生给了他 1 美元，因为他帮这位先生找到了丢失的笔记本。亨利将钱藏了起来，放在了一个别人找不到的地方。母亲教育他要做一个诚实的人，绝不要拿那些并不属于自己的东西。

他用这 1 美元买了一个盒子、三把鞋刷和一盒鞋油。于是他来到街角，对每位鞋不太干净的人说：“请让我给您的鞋擦擦油吧，先生？”

他是那样有礼貌，以至于那些先生很快便都注意到了他，而且十分乐意让他给鞋擦油。第一天他便带回家 50 美分，把钱给了母亲。

当他把钱给母亲的时候，母亲流下了高兴的泪水：“你真是一个可爱的好孩子，亨利。我不知道如何赚更多的钱来买面包，但是我现在相信我们将来可以过得更好。”

从那以后，亨利白天工作，晚上去学校上课。他赚的钱足够维持母亲和小妹妹的生活了。

美德心语

对于勤劳的人来说，贫困一点都不可怕。因为他们可以用勤劳的双手去解决一切难题。就像故事中的小男孩那样，勤劳的美德使他具备了承受贫困的能力，也必定能给他一个美好的未来。

21. 孔融让梨

东汉末年，在当时的北海有个任相的人，姓孔名融字文举，他是孔子的后人。后来到朝廷做官，因为对曹操的很多做法不满而被曹操杀害。孔融非常好客，经常说的一句话就是“座上客常满，樽中酒不空”。

据说在他孩童时期，他家的一个亲戚从很远的地方来到他家看他的父母，并且还带来了他的几个表兄弟，家里别提有多热闹了，妈妈叫他洗几个梨子出来招待客人。

于是孔融就洗了几个梨，还分配好，一人一个，然后用盘子端出来分给大家。可是这梨有大有小啊，怎么办？

只见孔融拿出一个最大的梨给了客人，又拿了两个很大的梨给了父母，接着拿了个大梨给大表哥，然后挨着顺序把大梨全都给了比自己大的表哥们。这时候，他一个最小的表弟伸出手来向他要梨，孔融从盘子里又拿出一个大梨给了小表弟，小表弟高兴地跑出去玩了。然后，他自己拿了最小的一个梨津津有味地吃了起来。

他的叔叔看到后就问：“你为什么把大梨给比你大的表哥呢？”

孔融回答道：“因为他们比我大，我得尊敬他们。”

叔叔接着问道：“那你比小表弟大，为什么你给小表弟也是一个大梨？”

孔融又回答：“因为小表弟比我小，我得让着他。”

这时候，叔叔、父母都齐声笑了起来。叔叔说：“孩子这么小就懂得这么多，长大后肯定是一个了不起的人。”

美德心语

谦让是中华民族千百年来传承的优良传统，孔融让梨的故事是有关谦让的绝佳篇章。对于娇生惯养的独生子女来说，更是不能忘了谦让这个好品德。打开心灵的窗户，从小就学做一个有礼貌、有爱心的人，这样才会有更多的人喜欢你。

22. 剃光头

罗伯特从幼儿园放学回到家，将书包随便一甩，就坐在沙发上，不说一句话。妈妈见了感到很奇怪，忙问：“怎么了？老师批评你了吗？”

“妈妈，我们班的杰克得了癌症，不来上学了。”罗伯特难过地说道。

“他不会有事的，我们要有信心，癌症并不意味着死亡，对不对？”妈妈说。

罗伯特犹豫了一会儿，抬头看了看妈妈，不安地说道：“老师说，他正在做化疗，头发都掉光了。”

“我想，过不了多久就会长出来。”妈妈的心里泛起了一阵悲意。

“我和几个小伙伴约好了，准备明天去医院看他。”

听了儿子的话，妈妈感到很高兴："好极了，你可以带一些水果去。"

罗伯特低着头小声说："我们都想把头发剃光。"

妈妈愣住了。

罗伯特终于抬起了头，勇敢地说道："妈妈，带我去理发店，我想剃光头。"

妈妈不知道说什么才好，呆呆地站在那儿。

罗伯特拉了拉妈妈的手，再次恳求道："这是我出的主意。我跟汤姆和路易说，我们也把头发剃光，好让杰克安心，我们跟他一样，他就不怕了。"

妈妈看着儿子，非常感动，她决定陪罗伯特去理发店。她在心里默默地想："让孩子学会去爱人、关心人，让他们有一颗善良、怜悯的心，只有这样，整个世界才会变得更加温暖。"

在理发店里，罗伯特高兴地唱起了歌。没过多久，汤姆和路易也来了，他们的家长都以此为荣，连理发

师也被感动了，对他们说：“ 你们都是好样的，我今天免费为你们理发。”

望着三个小光头，妈妈忽然间想起了一些童年琐事。因为自己小时候头发稀疏，不男不女，害怕出去见人，最后，还是爸爸替她出了一个主意：每次带她出门，就让她戴顶帽子。因此，她现在存留了很多帽子。

回到家里，妈妈对罗伯特说：“我有个更好的提议，明天去医院之前，把你的小伙伴叫到我们家，我要送你们每人一顶帽子，你说好不好？我有一顶珍贵的帽子，那是你外祖母从英国买来送给我的，现在依然很新，你带去给杰克，他一定会喜欢的。”

罗伯特高兴极了，搂着妈妈说：“妈妈，你真是我的好妈妈。”

美德心语

几乎没有孩子喜欢把自己的头发剃光，因为那实在是太难看了。但是故事中的几个孩子，为了照顾朋友的心情，主动要求剃光头发。这不仅体现出一股友谊的力量，还体现出他们那颗纯真、善良的心。小朋友有没有为朋友做过什么呢？看到这几个孩子的做法，你们是不是也有些感动呢？

23.早安

有一位犹太传教士，他每天早晨总是按时到一条乡间土路上散步。无论见到任何人，总是热情地打一声招呼：“早安。”

有一个叫阿米勒的年轻人，对传教士这声问候，起初反应冷漠。因为在当时，当地的居民对传教士和犹太人的态度是很不友好的。然而，年轻人的冷漠，未曾改变传教士的热情，每天早上，他仍然给这个一脸冷漠的年轻人道一声早

安。终于有一天，这个年轻人脱下帽子，也向传教士道一声：“早安。”

好几年过去了，纳粹党上台执政。

这一天，传教士与村中所有的人被纳粹党集中起来，送往集中营。在下火车、列队前行的时候，有一个手拿指挥棒的指挥官，在前面挥动着棒子，叫道：“左，右……”被指向左边的是死路一条，被指向右边的则还有生还的机会。

传教士的名字被这位指挥官点到了，他浑身颤抖地走上前去。当他无望地抬起头来，眼睛一下子和指挥官的眼睛相遇了——传教士习惯地脱口而出：“早安，阿米勒先生。”

阿米勒虽然没有过多的表情变化，但仍禁不住还了一句问候：“早安。”声音低得只有他们两人才能听到。最后，传教士被指向了右边——还有机会生还。

美德心语

人与人之间的交往其实很简单：也许眨一眨眼，也许一个微笑，就能融化对方冷漠的心。鲁迅在一首诗中这样写道：“渡尽劫波兄弟在，相逢一笑泯恩仇。”有一颗爱人的心，友好地对每一个人，生活回赠给我们的，便是阳光，便是幸福，便是希望，便是生命。

24.玻璃碎了以后

乔治·爱伦从爸爸那里收到了他的新年礼物，那是一枚闪亮的银币。这正是他需要的，因为他有许多东西要买，他的愿望就要实现了，他心里很高兴。

这几天，刚刚下过了一场雪。地上的雪还没有融化，阳光轻柔地照在地上，所有的东西都变得明亮了。爱伦拿着他的银币上街去了。

刚出家门，爱伦就被伙伴们拉着去打雪仗，这是冬天里小伙伴们最喜欢的一项活动了。

乔治·爱伦揉了一个很大很硬的雪球使劲向詹姆士·梅森掷去，但是狡猾的詹姆士·梅森躲过了雪球，雪球飞向了他身后的窗户，只听“啪”的一声，玻璃碎落了下来。

乔治·爱伦因为害怕，就飞快地跑开了。但是没跑多远就停了下来，他为自己所做的坏事受到了良心的谴责。他知道，逃避责任不应该是一个男子汉所做的事。他决定回去，用自己那唯一的银币来补偿打碎的玻璃。

他按动了门铃，从屋子里出来一位先生。乔治·爱伦迎面就说："先生，是我把您家的玻璃打碎了，我非常抱歉，但我并不是故意的，希望您能原谅我。"说着，他把自己那仅有的一枚银币拿了出来，然后把它递给那位先生说："这

是我爸爸给我的新年礼物，希望它足够赔偿您的损失。”

那位先生接过了钱说：“你还有钱吗？”

爱伦说：“没有了。”

“好。”那位先生说，“你会有更多钱的。不过你能告诉我你家的住址吗？”爱伦告诉了他。

回家后，当爸爸问及他是怎么花那个银币的时候，爱伦把白天发生的事情如实地告诉了爸爸。

吃完晚饭，爸爸让乔治·爱伦去看他的帽子，爱伦在他的帽子里发现了两枚银币。原来那位先生是一名非常富有的商人，他不仅把爱伦的那枚银币退了回来，还另外送给他一枚银币。这件事情并没有结束。没过几天，那位先生又来找乔治·爱伦的爸爸，希望能得到他的允许，因为他的店里需要一个帮手，他认为乔治·爱伦是最好的人选。

美德心语

每个人都会犯错，都会无意地闯一点点祸。但最重要的是，犯了错要勇于承认。正如爱伦所想的那样：逃避责任不应该是一个男子汉所做的事。正直、诚实的孩子总是会得到他人喜爱的。

25. 轻轻的一个吻

几年前，在西雅图残疾人运动会上，九名身体或智力方面有缺陷的孩子整齐地排在百米起跑线上。

枪声一响，所有的人跑了起来。确切地讲他们并不是在速跑，可是他们都满心欢喜要跑完全程并争取胜利。突然，一个男孩子在跑道上跌倒了，他坚强地爬起来，再次跌倒，他又坚强地爬起来……连续好几次，男孩终于哭了。其他八个孩子听到男孩的哭声，放慢速度停下来，然后转身回跑，无一例外。

这时，一个患有“恐低综合征”的小孩弯下腰，在那个男孩的脸上轻轻吻了一下说：“这会让你好些的。”

然后，九个孩子手挽着手走向终点。

体育馆的所有观众都站起来，掌声和欢呼声一浪高过一浪，持续了将近10分钟。

我们不怕先天的缺陷，不怕后天的不足，只要心中有爱，就会在人生的跑道上赢得精彩。

美德心语

与一些身体上有缺陷的孩子们比起来，我们要幸福多了。所以，不论是今天或是以后，我们都应该尽自己所能地帮助那些需要帮助的人。因为成长路上最精彩的镜头不是获得掌声和鲜花，而是当你的对手有困难时，你能停下来帮他一把。

26. 善良的女大学生

一个太阳正热正毒的中午，在一家繁华的商场门前，一个衣衫褴褛、蓬头垢面的10岁左右的小女孩在向一对衣着鲜亮时髦的青年男女乞讨时，被男青年一脚踢破了额头。踢伤小女孩后，青年男女骂骂咧咧地拂袖而去，小女孩额头上的血却没有停止，直到她昏倒街头。来来往往的行人慢慢地在小女孩的身旁聚成一圈，叹气声、怜惜声、议论声此起彼伏……就是没有人想到为小女孩止血，或送小女孩去医院。在人越围越多的时候，一名路过的医科大学女大学生挤进人群，抱起小女孩，把她送进了医院。

如果事情到这就结束了，也不会引起太多波澜。小女孩得救后，女大学生了解到，小女孩是在被人贩子拐卖的途中逃跑出来，流落到这座城市的。女大学生为了帮助小女孩找回她记不清地址的家，找到了这座城市的媒体。最后小女孩回到了家，回到了父母身旁。女大学生成了媒体追踪的对象。当一名记者问女大学生，当时围观的人那么多，却没有人出手，她却送小女孩去了医院，为什么呢？这名记者一定是希望女大学生会说出慷慨激昂的“原因”。可女大学生一头雾水的回答却简单得很：“为什么？不为什么啊！”

美德心语

真正的善良是一种来自生命的本能，不需要任何理由。当别人需要帮助的时候，一种发自内心的冲动驱使你伸出温暖的手。希望我们每个人都能保存并坚持这种纯真的善良。

27. 一百元钱和半个馒头

一个商人和一个流浪汉死后来到了上帝跟前，上帝问商人：“你凭什么想得到永远的幸福呢？”

商人说他那天在街上给了一个叫花子 50 元钱，上帝冷冷地摇了一下头，说这还不够条件。

“等一下，等一下，还有还有。”商人说，“上个月，我绊倒了一个无家可归的女孩，并给了她 50 元钱。”上帝沉思了一会儿，便让商人留在地狱了。

上帝又问流浪汉："你凭什么想得到永远的幸福呢？"

"抱歉，我没有什么特别值得称颂的事，不过，我做事总是问心无愧。"流浪汉低声说，"去年一个冬夜，我把乞讨来的半个馒头给了一个生病的乞丐，但那晚他却冻死街头，我好后悔没把他带回我栖身的桥洞。还有一次……"

"好了。"上帝微笑着打断了流浪汉的话，吩咐天使，"你带他去天堂吧！"

美德心语

为什么商人去了地狱而流浪汉去了天堂？这个看似耐人寻味的结果其实是很简单的一个道理，商人看上去做了很多好事，给叫花子钱，给流落街头的女孩钱，而且出手阔绰，但他最缺的就是一颗怜悯同情的心，他把钱当成了最大的施舍，而忘了世界上还有一种感情叫关爱。而那个流浪汉，虽然他所能给予的仅仅是半个馒头，但由于他有一颗善良悲悯的心，知道用心去同情去关怀一个人，尽管半个馒头并没有挽回那个生病乞丐的生命，但那颗懊悔的心却成了他通往天堂的最好通行证。小朋友们领悟到其中的含义了吗？

28. 猎人海力布

在内蒙古自治区，流传着一个动人的民间故事：在某个山村，有一块奇特的石头，传说是猎人海力布变成的。

从前有个猎人，名叫海力布。他很乐意帮助别人，每次打猎回来，总把猎物分给大家，自己只留下很少的一份，所以人们都很喜欢他。

一天，海力布到深山里去打猎，忽然听到天空中传来喊救命的声音。他抬头一看，一只老鹰正抓着一条小白蛇从他的头上飞过。他急忙拉弓射箭，老鹰受了伤，丢下小白蛇逃跑了。海力布对受了惊吓的小白蛇说：“可怜的小东西，快点回家去吧！”小白蛇向他点了点头，表示了感谢，就隐没在了草丛里。

过了几天，海力布又到那座山上打猎，一条小白蛇挡住了他的去路："敬爱的猎人，您还记得我吗？我是龙王的女儿，我爸爸知道您救了我，一定要重重地酬谢您。我爸爸的宝库里有很多珍宝，您要什么都可以。如果您都不喜欢，可以要我爸爸含在嘴里的宝石。不管是谁，只要把那颗宝石含在嘴里，就能听懂世界上各种动物说的话了。"海力布想，对一个猎人来说，那颗宝石可太有用了。

于是，海力布跟着小白蛇来到了龙宫。老龙王把他领进宝库，让他自己挑选珍宝，海力布什么也没拿。老龙王看他没有看中一件宝物，很难为情地问道："我的恩人，宝库

里的宝物你一件也不稀罕吗？”他对龙王说：“这些珍宝对我来说只是装饰品，没有什么用处的。如果您真想给我点儿东西作纪念，请把您嘴里含着的那颗宝石送我吧。”龙王略微迟疑了一下，便把嘴里的宝石吐了出来，送给了海力布。

海力布得到了宝石，辞别龙王要回去的时候，小白蛇跟了出来，再三叮嘱他说：“敬爱的猎人，动物说的话，您千万不要对别人说。如果说了，您马上就会变成石头，而且永远不能复活了！您一定要记住！”

自从海力布有了这颗宝石，打猎更方便了。他只要把宝石含在嘴里，就能听懂各种飞禽走兽的语言，能知道哪座山上有什么动物。几年来，他每次打猎回来，分给大家的猎物更多了。有一天，他照例在山里打猎，忽然听到一群飞鸟在说：“我们赶快飞到别处去吧！今天晚上，这里的大山要崩塌了，洪水泛滥，不知道要淹死多少人呢！”

海力布听了这个消息，大吃一惊，再也没心思打猎了。他急忙跑回家，对乡亲们说：“咱们赶快搬到别处去吧！现在这个地方绝对不能住了！”大家听了都很奇怪：“住得好好的，为什么非要搬家呢？再说老老小小这么多人，搬家可不那么容易呀！”海力布看着不知道灾难将要降临的乡亲们，急得掉下了眼泪。

海力布知道着急也没用，不把搬家的原因说清楚，大家是不会相信的。如果我只知道自己避难，不管大家，这能行吗？要救乡亲们，看来只有牺牲自己。海力布说道：“今天晚上，这里的大山要崩塌，洪水将泛滥。”接着，他把怎么得到宝石，怎么听见一群鸟儿商量避难，以及不能把听来的事情告诉别人，否则会立刻变成石头等实情，对大家都照实说了。海力布刚说完，就变成了一块僵硬的石头。

大家看见海力布变成了石头，都非常后悔和悲痛。他们含着眼泪，赶着牛羊，往很远的地方走去。这天晚上，阴云密布，大雨倾盆。半夜里，一声震天动地的巨响，霎时山崩水涌，整个山村都被洪水淹没了。

为了纪念海力布，人们把他变成的那块石头命名为“海力布”。他舍己救人的故事也被一代一代地流传下来。据说，现在还能找到那块叫作“海力布”的石头呢。

美德心语

海力布为了救出全村人，宁愿自己化作一块僵石。他的行为代表着一种爱，一种责任，一种无比高尚的荣耀。如果每个人都能像海力布一样在关键时刻舍己为人，这个世界将会更美好。

29. 夸父追日

远古时候，在我国北部，有一座巍峨雄伟的大山，夸父族就生活在那里。在夸父族有个傻气的巨人，看见太阳每天从东方升起，又在西方隐没下去，然后就是漫长的黑夜，直到第二天的早晨，太阳才又从东方出来。于是，巨人夸父心里想：“每天晚上，太阳去哪里了呢？我不喜欢黑暗，我喜欢光明！我要去追上太阳，把它固定在天空中，那样大地永远都是光辉灿烂的。”

一天，太阳刚刚升起，夸父就迈开大步，如风地奔跑，开始了他逐日的征程。

他跨过了一座座高山，穿过了一条条大河，一直把太阳追到了禺谷，就是太阳落下的地方。

还不等太阳落下去，长腿善跑的巨人夸父早已经追到了。他欢喜地举起两条巨大的手臂来，想把眼前的这团红亮的火球抱住。可是离太阳越近，太阳光就越强烈，夸父越来越感到焦躁难耐，他觉得他浑身的水分都快被蒸干了，他需要喝大量的水。

他只得暂时放弃想要追捕的太阳，伏下身子来，去喝黄河、渭水里的水。可是两条河里的水都被他喝干了，他那烦躁难受的口渴还是没有被止住。

他再向北方跑去，想去喝大泽里的水。那大泽，在燕门山的北边，纵横有千里宽广，是鸟鹊们滋生幼儿和更换羽毛的地方。这倒是一处好水源，可以给巨人解除口渴。可惜

他实在是太累太渴了，还没有到达目的地，身体就再也支持不住，慢慢地倒了下去。

他像一座山一样倒了下来，大地和山河发出轰然的震响。这时太阳正向禺谷落下去，把最后几缕金色的光辉涂抹在追逐光明的夸父的脸颊上。夸父遗憾地看着西沉的太阳，长叹一声，用尽力气把手里的拄杖奋力往上一抛，闭上眼睛长眠了。

第二天，当太阳又从东方升起，用它的金光普照着大地的时候，昨天倒毙在原野上的夸父，已变作了一座大山。山的北边，有一片绿叶茂密、鲜果累累的桃林，据说那是由夸父的手杖变成的。他要把这些味道鲜美的果子，留给后来追寻光明的人们，让他们解除口渴，使他们一个个精力充沛，奋勇前行，不达到目的，绝不罢休。

美德心语

这是一个关于追梦人的神话故事。人们传诵它不是因为巍峨的大山和鲜美的果子，而是为夸父的执著精神而感动。小朋友们在学习和生活中也应该有这种执著的精神和毅力，这样一定能达到你们为自己定下的目标。

30. 北斗七星传奇

从前，有一个地方，很久很久都没有下雨了，大地失去了生机。小溪的水干了，大河里的水干了，井里的水干了，泉水也干枯了；花儿凋谢了，草儿枯黄了，就连高大、粗壮的树木也快渴死了；牛儿、马儿、狗儿、鸟儿和所有的人都很渴，都像生了病一样，浑身不舒服。

有个小姑娘，她的妈妈病得很重。小姑娘想：“如果我能给妈妈找点水喝，她肯定会很快好起来的。我必须得去找点水！”

于是，她拿着一把锡水勺，出去找水了。可是到处都很干旱，她走了很远的地方，找啊找啊，最后终于在一座山脚下找到了一眼很小的泉水。这是多么可爱的泉水啊！小姑娘小心翼翼地捧着水勺，一滴滴地接着。水从岩石下面很慢很慢地往下滴，小姑娘耐心地等待着，接啊接啊，过了很长很长时间，终于接满了一勺水。她小心地抱着水勺，满心欢喜地开始往家走。

在路上，一只可怜的小狗已经走不动路了，呼呼地喘着粗气，舌头长长地伸在外面，趴在那里一动不动——它实在太渴了。

“哦，可怜的小狗，”小姑娘说，“如果我给你一点点水，我想妈妈还会有足够的水喝。”

于是，小姑娘在手里倒了一点水，捧给小狗喝。小狗喝完水，感觉好多了，向着小姑娘汪汪地叫了几声，像是在道谢。这时候，她的锡水勺已经变成了银水勺，里面的水又像从前一样满满的了。

她想起了妈妈还在家里等呢，就加快脚步往家走。当她到家的时候，天都快黑了。她家的老仆人，照顾了病人一天，又累又渴，连话都说不出来了。

“给她些水喝吧，”妈妈说，“劳累了一天，她比我更需要水啊。”

小姑娘把水勺举到老仆人的嘴边，老仆人喝了一些水。她感觉好多了，走到孩子母亲身边，帮小姑娘喂妈妈喝水。这时候，水勺变成了金水勺，里面的水又像开始时那样满满的了！

母亲喝了水，感到好多了！水勺里还剩下一些水，小姑娘累了一天，还一滴水都没有喝过呢，她正要把水勺举到

自己的嘴边喝，有人敲门。门口站着一个陌生人：“我很渴，你能给我一点水喝吗？”他脸色苍白，满身风尘。

“噢，那当然了。你比我更需要水，这些你全都喝了吧！”小姑娘把水勺递给陌生人。陌生人笑了，接过水勺。他一碰到水勺，水勺就变成钻石的了。他把勺子里的水泼在了地上。接着，她们惊奇地看到，水泼到的地方，冒出了一眼泉水。清冽的泉水汩汩地喷涌而出，附近的人们和牛羊都有足够的水喝了。

等她们再想起陌生人并寻找他时，他已经不见了。恍惚间，她们好像看到他消失在天际。不是吗？在那遥远的星空中，多了一把金光闪闪的水勺，在不停地闪烁呢！直到今天，人们还能在夜晚的天空中看到这把勺子，一闪一闪的，好像在告诉人们不要忘记那位善良、无私的小姑娘。它就是北斗七星。

美德心语

女孩的善良真的让人感动，如果她是一个自私的人，她的水勺不会变，泉眼也不会涌出汩汩的清泉，这一切都是善良带来的啊！善待周围的每一个人，有时候，仅仅是举手之劳，仅仅是一勺的水，就浇灌出了一个爱的家园，浇灌了无数即将干涸的生命。

31. 樱桃树是我砍的

一天清晨，天刚蒙蒙亮，奥古斯丁就气冲冲地走回家中。他脸色严峻，寒气逼人，让人望而生畏。

究竟出了什么事？家里所有的人都很纳闷。小乔治吓得躲在妈妈的身后，一动也不动。

奥古斯丁像一只发怒的狮子，吼了起来：“是谁把我的樱桃树砍了？为什么要砍我刚买来的一棵，那是一棵从英国买回的良种，花了我不少钱！”

“我没砍，我也不知道是谁砍的。”小乔治的异母哥哥劳伦斯小声说道。他生怕爸爸那铁硬的拳头落在自己的身上。

爸爸把森严的目光投向了小乔治：“那么，乔治，你知道这件事吗？”

全家人都为小乔治捏了一把汗。

小乔治犹豫了一会儿，突然大胆地抬起头来，看着爸爸愤怒的脸，态度诚恳地说："爸爸，是我砍的。我不说谎，你教我不能说谎的。"

原来，在头一天下午，爸爸买来了一把新斧子，小乔治对斧子产生了兴趣，为了试试斧子是否锋利，小乔治走进了果园。

恰巧，他看见果园里有一棵樱桃树，于是他就抡起斧子往树干上砍了几下。每砍一下，那斧刃都深深地嵌在树干里。

"好斧子，好斧子！"小乔治连说。

这个下午，他都沉浸在喜悦中，没想到闯了大祸。

小乔治向爸爸讲述了事情的经过，静等着爸爸的严厉惩罚。

奥古斯丁听了，十分生气，但他马上又平静了下来。他寻思着，自己平时常教育孩子不要说谎。如今儿子犯了错，但却说了实话，要是惩罚他，不是在无形中叫他以后要讲假话吗？于是，他变得十分高兴。

“乔治，我的好孩子，快过来，让爸爸亲亲你！”他激动地说。

说着，他伸出双臂把小乔治抱了起来。接着，他说：“你虽然犯了错，但没有撒谎，这是很难得的。你的诚实的行动，胜过一千棵樱桃树的价值！”

小乔治，就是后来美国的第一任总统——乔治·华盛顿。

美德心语

诚实是一种高贵的品格，它不是先天生成的，而主要是靠后天的培养。我们要从小就学会诚实待人，是自己犯的错误就要勇敢地去承认，要记住：你有什么样的品格，就一定会有什么样的人生。

32. 年少的老师

“查尔斯，你只要把上午的功课做完就能出去玩一个小时了。”父亲说。

没过多久，查尔斯就做完了。10岁的他是一个品学兼优的好孩子，听到父亲这样说，他就出去玩了。对于像他这样年纪的小孩，玩耍是非常具有诱惑力的一件事。

他最爱到附近那条河上的渔夫家船上看打鱼。

渔夫打鱼，他的妻子纺线，他们无忧无虑地生活着。尽管生活贫苦，但是他们生活得很快乐，他们还有一个聪明可爱的儿子。

他们唯一担心的就是儿子的上学问题。因为他们都不识字，自己不能教孩子，而且他们也没有钱送儿子去学校。

有一天，查尔斯去渔夫家玩的时候看见小男孩正坐在桌子旁，用粉笔在桌上画着什么，于是他问：“你在画画吗？”

“不，我在学写字。”小男孩回答，“我在站牌上看到两个字，我正在把它们写下来呢。如果我能读书和认字，那我一定会是世界上最快乐的人。”

“这就是你最大的愿望？我想我能够帮助你。”查尔斯很高兴能帮助这个小男孩。

于是，每天查尔斯就利用出去玩的一个小时教这个孩子读书和写字。小男孩学习很用心，很快就会写很多字了，而且发音也很准确。

就这样，查尔斯一直坚持着做这样的事。后来，父亲的一位朋友来拜访，当问及查尔斯到哪儿去了时，父亲说：“他可能去散步了。”

“我想他可能不是去散步了。”父亲的朋友说，“我经常看见他到渔夫家的船上玩。”

听了这样的话，父亲非常担心，那里很危险，尽管他已

经警告过查尔斯了，但大多数孩子总是不愿意听这样的话。于是他匆匆赶往渔夫家，但是没看到那条船，渔夫一早就出去打鱼了。他开始为查尔斯担心起来。

就在不远的地方有个小木屋，那是渔夫的家。父亲走了进去，他看到了令人感动的一幕：查尔斯正坐在桌子一旁，桌子的另一旁有个小男孩儿，他正在那里写着从查尔斯嘴里念出的字，还不时把自己写的字拿给查尔斯看，并且问道：“老师，我写得对吗？”

查尔斯看到了父亲，他害怕父亲会不高兴，但他的担心是多余的。父亲不仅没有不高兴，第二天，他还为查尔斯和那个小男孩儿买了书、纸、钢笔和墨水。因为他为儿子能够学会帮助别人而高兴。

美德心语

当互不相识的两个孩子交往后，发现彼此可以给予对方的是那样多，于是他们互相帮助，成了亲密的朋友。小朋友，你有没有帮助过别人呢？如果帮助了，你就会发现，这是一件多么令人快乐的事！并且它能给你带来更多的朋友，所以每个人交朋友都应该从乐于助人开始。

33.被丢弃的粮食

从前，有一个富裕人家的孩子，名叫小淘。一天，他在淘米时浪费了许多米，那些被丢在水槽里的米粒们非常生气，它们一齐说：“这孩子这么浪费粮食，我们应该好好教育教育他。”说完，它们便叫齐了前几次被丢弃的米儿们，一起商量对策，商量好后，它们便开始行动了。

有一天，小淘来到教室里，发现自己桌子上全是米，便大声骂道：“是哪个混蛋把米放到我桌上的。”这时，米儿们气愤地说："你不但不爱惜粮食，还讲脏话，今天，我们非教训教训你不可。"于是，它们就一哄而上，边说边打。小淘连忙叫道："你们别打了，我以后再也不敢了。"米儿们异口同声地说："那你得答应我们两个条件：第一，你以后要爱惜粮食，不讲脏话；第二，用你的巧手画一幅关于爱惜粮食的画，贴在淘米池上。"小淘立刻答应了，而且全做到了。小米儿们都竖起了大拇指。

从此，浪费粮食的事情再也没发生过，同学们都能自觉爱惜粮食了。

美德心语

当人们的生活水平越来越高时，有些家庭宽裕的小朋友就不懂得节俭了。这是一种很不好的行为，会遭到小米们抗议的！所以小朋友，不论是粮食还是能源，我们都应该懂得勤俭节约，这样才能使我们的未来世界变得更美好。

34．改变命运

有个人到墨西哥旅游，一天黄昏时他在一个海滩漫步，忽然看见远处有一个人好像在跳舞。走近些时，才发现原来是一位土著人在沙滩上拾起一些东西，然后用力地扔到海里去，并且不断重复这一动作。再走近些时，他看清楚原来这土著人在不停地拾起被潮水冲到沙滩上的海星，用力地把它们逐只扔回大海去。

他于是奇怪地走过去，向土著人说：“晚安！朋友，我不明白你在干什么。”

那人说："我在把这些海星扔回海里去。你看，现在正是潮退，海滩上这些海星全是给潮水冲到岸上来的，很快这些海星便会因缺氧而死了！"

"我明白。不过这海滩有数不尽的海星，成千上万的，你可有能力把它们全部送回大海吗？尽管你真能做到，试想，这海岸有过百个海滩，你又怎能有工夫去处理呢？你可知道你所做的事作用不大啊！"

那位土著人微笑着，继续拾起另一只海星，一边扔一边说："但起码我改变了这只海星的命运呀！"

于是那个人恍然大悟，是呀，虽然我们有很多美好的事情不能实现，但从现在做起，兴许就能改变一切！

美德心语

虽然更多的时候，我们的努力并不能扭转整个事态的发展趋势，但是，只要我们坚持做，至少还可以改变一部分。就像那个在海边"舞蹈"的土著人，尽管他不可能帮助每只被冲上岸的海星都重返大海的怀抱，但总会使一些海星逃离死亡的命运。在许多情况下，不要去问结果是什么，只要真心地付出过，只要执著地追求过，人生便少了很多遗憾。

35.蜜蜂展翅

某个夏日里，我在山间砍伐灌木，几个钟头之后，决定该停下来吃午餐了。我在一根木头上坐下，一面取出三明治，一面观赏四周粗犷的美景。两道湍急的溪流汇成一方清澈深水，然后挟着雷鸣之声奔下葱郁的峡谷。

我感觉这种诗情画意本来是再美也没有的——要不是一只蜜蜂开始锲而不舍地围绕着我嗡嗡飞。那是一种随处可见、喜欢骚扰游人的蜜蜂。我想也没想，一下就把它赶走了。

但它毫不罢休，飞了回来，再次嗡嗡骚扰我。我不耐烦了，一巴掌把这东西拍到地上，用靴子把它猛地踏进沙里去。

不一会儿，我脚下的沙爆开来，把我吓了一跳，那折磨我的小东西竟然拼命地扑棱着双翅钻了出来！这回我可绝不会让它逃生，我站起来，使出我 95 千克体重的全部力量，把它碾到沙里去。

我坐下享受午餐。几分钟之后，我注意到脚旁的地上微有异动。一只受了伤但还活着的蜜蜂，竟又微弱地从沙里钻出来。

它居然没死，令我十分迷惑，于是俯下身子，看看它究竟伤到什么程度。看来它右面的翅膀仍相当完好，但左翅已被揉搓得像个小纸团。然而那蜜蜂仍慢慢地扇动翅膀，好像在估量自己的伤势，同时开始清除胸部和腹部的沙粒。

然后蜜蜂把注意力集中在弯折的左翅上。它的脚上上下下地快速扫动，想把翅膀摩平。

每摩一次，蜜蜂就把翅膀振动一番，好像要试试看能不能起飞。这只伤残得无可挽救的东西竟以为自己还可以再飞！我趴在地上，要把蜜蜂那徒劳无功的尝试看个仔细。经过更真切的观察，我证实这只蜜蜂已经完了——它肯定完了。我是个经验丰富的飞机师，对于翼很有研究。

不过蜜蜂毫不理会我那优越的知识。它的体力似在增加，修补的速度也在加快。那薄纱般不能活动自如的弯折的左翅，这时已近乎挺直了。

最后蜜蜂觉得相当有把握可以来一次试飞了。它发出很响的嗡嗡声，振翼使身体离开大地——不过飞出沙面才七八厘米就坠落到沙堆上，猛打了一个滚。它再一次疯狂地摩平、屈伸翅膀。

蜜蜂又升空了，这一次升高了15厘米才跌向另一个沙堆。它的翅膀显然已能飞行了，只是还不能控制飞行方向。它像机械师那样，慢慢地琢磨一架陌生飞机的特性，但每次都失败了。可是那只蜜蜂每次坠地后都积极再试，拼命要纠正新发现的结构缺点。

蜜蜂又一次起飞，这次终于飞越了沙面，朝一个树桩冲过去。险些要撞上时，蜜蜂放慢前进速度，打了个回转，飞到波平如镜的湖面上，慢慢飘行，似乎在欣赏自己的湖中倒影。蜜蜂在我眼前消失了，我才觉察自己一直跪在地上。

我继续跪了一段时候。

美德心语

小蜜蜂坚韧不拔的毅力给了我们一个启示：成功不是一蹴而就的，它往往是要经过曲折的历程，在挫折—坚持—再挫折—再坚持的磨难中才能获得成功。所以小朋友也要培养自己的坚强毅力啊！然后才能向着成功的目标一步一步迈进。

36. 青蛙王子

在古代，有一位国王，他的女儿个个都长得很漂亮。尤其是那个小女儿，就连什么东西都见过的太阳每次照在她的脸上，也要对她的美丽感到惊讶。国王的宫殿附近有一片幽暗的大森林。森林中，在一株老菩提树下，有一口水井。天气很热的时候，小公主常常到森林里去，坐在清凉的井边上，要是感到无聊了，她就取出一个金球来，把它抛到空中然后又接住。这个金球成了她最心爱的玩具。

可有一次，公主伸出手去接金球，它却没落进她的小手中，而是掉到地上，一滚滚到井里去了。公主两眼紧盯着它，可金球还是没影儿啦，因为那口水井深得看不见底。她于是哭起来，哭声越来越大，伤心到了极点。就在她痛哭不已的时候，突然听到有谁喊她："公主，你这是怎么啦？你这么大声哭泣，连石头也会心疼的。"公主四处张望，想弄清楚喊声是从哪儿钻出来的，却发现一只青蛙，从井水里伸出了脑袋。"唉，原来是你呀，划水老手，"她说，

“我在这儿哭，因为我的金球掉到井里去了哟。”“别难过，别哭了，”青蛙回答，“我想我有办法帮助你。可要是我把你的金球捞上来了，你拿什么报答我呢？”“你要什么都行啊，亲爱的青蛙，”公主说，“我可以给你我的衣服，我的珍珠、宝石，还有我头上戴的这顶金冠。”“你的衣服、你的珍珠宝石和你的金冠，我统统不想要，”青蛙回答，“要是你喜欢我，就让我做你的朋友，陪你一起玩儿，和你同坐一张小餐桌，同用你的金盘子吃东西，用你的小杯子喝酒，晚上还睡你的小床——要是你答应这一切，我就愿意下井去，把金球给你捞上来。”“好吧，”公主说，“我答应你的所有要求，只要你替我找回金球。”话虽如此说，她心里却想：“这个傻青蛙吹什么牛！它只配和别的青蛙一起蹲在井里呱呱叫，做不了任何人的朋友。”

青蛙呢，得到了许诺就往水里一沉，潜下井去，不多一会儿工夫又游到水面上来，嘴里衔着金球。它把球吐在草地上，公主重新见到了自己的玩具，说不出有多高兴，一拾起来就飞快地跑了。“等一等，等一等！”青蛙大声喊叫。“把我带上，我可跑不了你那么快呀！”它尽管拼命地呱呱呱叫喊，可是一点用也没有。公主不听它的，很快回到家。可怜的青蛙只好又跳回它的井里去。

第二天，公主跟国王和大臣们坐上餐桌，正要从她的小金盘子里拿东西吃时，突然听见啪啦啪啦地，从大理石台阶爬上一个什么东西来，到了上面它便一边敲门一边喊：“公主，小公主，给我开门。”公主跑过去，想看外边谁在叫，打开门一看，却是青蛙蹲在门前。她赶紧关上门，坐回桌子边，心里怕极了。国王见她心慌意乱的样子，问：“孩子，干吗这么胆战心惊，该不是门外有个巨人要抓你走吧？”

“唉，不是的，”她回答，“不是巨人，是一只讨厌的青蛙。”“青蛙找你干什么呢？”“唉，好爸爸，昨天我坐在森林中的水井边上玩儿，突然我的金球掉到了水井里。我哭得很伤心，青蛙就替我把它捞了上来。因为它坚持要求，我答应让它做我的朋友。可我压根儿没想到，它真能从水井里爬出来，这会儿它就在门外，想要上我这儿来。”这时候，只听外边又敲起门来，并且在喊：“小公主啊小公主，快给我把门开开！难道你已经忘记，昨天说过什么话，在清凉的井台？小公主啊小公主， 快给我把门开开！”

国王听了说：“你不管答应了什么，都得办到。去，给它开门吧。”

公主去打开门，青蛙一蹦就进来了，而且一步一步地紧跟着她，到了椅子前。它蹲在那儿喊道：“抱我上来呀！”公主犹豫不决，直到国王命令她抱。青蛙起先被放在椅子上，它却想上桌子，上了桌子又说：“现在把你的小金盘子推过来一点，我们好一块吃。”公主也这么做了，可看样子却很不情愿。青蛙倒是吃得津津有味，她却什么都咽不下去。终于，青蛙说：“我吃饱了，也疲倦了，现在抱我去你的卧室，整理好你的缎子被盖，咱们躺下睡觉吧。”公主一听哭起来，她怕这只冷冰冰的青蛙，碰都不敢碰它一下，更别提让它在她又漂亮又干净的被子里睡觉了。可是国王生气了，说：“在你困难的时候无论谁帮助了你，过后你都不应该瞧不起！”这样，她才用两根指头把青蛙拈起来，放到卧室的一个角落上。可是等她在床上睡好了，它却爬起来说：“我累了，想和你一样舒舒服服睡一觉。抱我上去，要不我告诉你爸爸。”这一来公主真气坏了，一把抓起青蛙，狠命朝墙上摔去：“这下你该老实啦，你这讨厌的家伙！”

谁知它一落在地上，已经不是青蛙，而变成了一位王子，一位长着又美丽又善良的眼睛的王子。

于是，遵照国王的旨意，他做了公主亲密的伴侣和丈夫。

这时候，他才告诉她，他原来被一个狠毒的妖婆施了魔法，除了公主一人，谁也不能救他出那水井。明天他们就要一道回他的王国去。说完，他俩便睡着了。第二天早上，太阳唤醒了他们。门外已驶来一辆八匹马拉的马车，马头上都插着白色的鸵鸟毛，马身上套的链子金光闪闪，车后边站着王子的仆人，他就是忠诚的亨利。在他的主人被变成一只青蛙的时候，这位忠诚的亨利真是伤心极了，他让人在自己胸口上箍了三道铁箍，免得他的心难过痛苦得破碎掉。这会儿，马车来接王子回他的王国去。忠诚的亨利扶他夫妇俩上了车，自己又站到车后边，心中因为王子获救而充满了喜悦。他们走了一段路，王子听见后面发出咔啦咔啦的响声，像是有什么东西破了。他于是调过头，大声说：“亨利，车子破了？”

“不，主人，不是车子，是我心口上的铁箍；我的心啊，当你变成青蛙，困在井里，真是非常非常痛苦。”

路上，一会儿咔啦响一声又咔啦响一声，每次王子都以为是车裂了，其实哩，只是因为主人获得拯救和幸福，忠诚的亨利一高兴，心口上的三道铁箍全崩掉喽。

美德心语

青蛙变成了王子，和公主过上了幸福美满的生活。青蛙之所以能够变成王子，是因为公主遵照国王的指令履行了她的诺言。在任何时候，一个人都要做到诚信，要对自己曾经说过的话负责，如果你觉得履行诺言是一件很难的事，那你至少可以做到不要轻易许诺。不要让诺言随风飘逝，或许你的诚信可以改变一个人的一生。

37.吃肉与吃苦

每晚吃饭的时候，山姆总会闻到一股肉香，那是从对门邻居的餐桌上飘出的。此时，他会使劲地吸气，将香气都吸到自己的身体里。时间一长，山姆就能够根据肉香判断邻居吃的是什么肉。山姆不明白邻居家的餐桌上为什么总会有那么多鱼肉，而自己家却每天吃些蔬菜。

山姆经常会情不自禁地站在门口看邻居一家吃鱼吃肉，看着看着，口水会不知不觉地流出来。

邻居常常会夹上一块肉给他，然后说："回去吧，叫你妈也买点肉吃。"

有一天，山姆终于忍不住问妈妈："为什么邻居家的餐桌上总会有鱼肉，而我们家却没有呢？"

妈妈没有回答。一个星期天，妈妈问："今晚你想不想吃肉？"

"想啊，我好久没吃肉了。"山姆高兴地说。

"那好，你随我来。"妈妈说。

妈妈带着山姆来到了一个工地上，她向工头要了一份搬砖的活，总共有1000块砖，都搬完了可得10美元。妈妈对山姆说："快搬吧，搬完了今晚就有肉吃了。"

山姆搬了一段时间后，腿脚有些发麻，妈妈鼓励他："已经搬了100块，可以得1美元了。搬吧，再努力又可以得1美元了。"山姆又支撑了一会儿，终于搬不动了。

"妈妈，干这事太辛苦了。"山姆伸伸胳膊说道。

"歇一下吧，歇一会儿再搬。"妈妈说。

山姆就这样歇一会儿又搬一会儿，而妈妈总是不停地搬。山姆记得那天天气非常热，妈妈的衣服浸得透湿，像刚淋过雨似

的。真是太累了，山姆真想不干了。他试探着把话说出去，妈妈说：“孩子，不通过辛勤劳动，哪能够得到幸福？”

到了傍晚，母子两个终于把活干完了。妈妈从工头那儿领了 10 美元。这时候，山姆累得直不起腰了。

晚上，餐桌上摆上了香喷喷的鱼和肉，弟弟妹妹们吃得非常香。

“孩子，我想你已经知道了邻居餐桌上为什么每餐都有肉了吧。这就叫吃苦，你知道吗？”妈妈望着孩子们说。

山姆的心灵受到了震撼，面对餐桌上的鱼和肉，还有吃得正香的弟弟妹妹们，他哭了。

从此以后，山姆牢牢记住“吃苦”这两个字，在学习和生活中时刻严格要求自己。

美德心语

每次吃饭时，看到餐桌上自己喜欢吃的菜，你是不是很高兴？但你想过它们是怎么来的吗？天上是从来都不会掉下肉来的。故事中的山姆，通过自己的辛苦劳动，终于明白了幸福的含义。

38. 同喝一碗汤

在一家餐馆里，一位老太太买了一碗汤，刚想品尝它的美味，忽然想起忘了买面包。

她起身去买面包，买完后又返回了餐桌。然而令她惊讶的是，自己的座位上竟然坐着一位老乞丐，正大口大口地喝着她那碗汤。

“这个无赖，他怎么敢喝我的汤！”老太太气呼呼地犯起了嘀咕，“可是，也许他太穷了，太饿了，也许他今天没有讨到几个小钱。哎！我还是别声张了，不过，一碗汤全让他喝了也太便宜他了。”

于是，老太太装作若无其事的样子，与老乞丐面对面地坐下，又拿起一把汤匙，不声不响地喝起了那碗汤。

就这样，一碗汤，两个人你一口我一口地喝着。在外人看来，就像是一对恩爱的患难老夫妻。两个人互相看看，都默默无语。这时，老乞丐忽然站起身来，又端来一大碗面条，放在老太太面前，而且在上面放了两把叉子。

老太太认为也许对方是对她那碗汤的补偿，就毫不客气地继续吃起来。吃完后，他们二人各自直起身，准备离去。

“再见。”老太太友好地说。

“再见。”老乞丐热情地回应。他们都显出一副很愉快的样子，都为自己帮助了对方而感到欣慰。当那位慷慨的乞丐走后，老太太才发现，旁边的一张餐桌上，放着一碗无人喝的汤，而那才是她自己的那一碗。

老太太与那位老乞丐，在餐馆里演绎了一场美丽的误会。他们都从帮助别人的过程中获得了快乐，而这其中的导演者正是他们彼此间的宽容和善良。

美德心语

这是一个极为幽默的故事。一位老太太和一位老乞丐同喝一碗汤，看起来很是滑稽，但却折射出了人性的可贵之处：宽容和善良。小朋友也不要为了一些小事就生气，抱着一颗宽容而善良的心，你一定能感受到更加美丽的世界。

39. 求人不如求己

一人在屋檐下躲雨，看见观音正撑伞走过，于是这人说："观音菩萨，都说您普度众生，请带我一段吧。"

观音说："我在雨里，你在檐下，而檐下无雨，你不需要我来度。"

这人立刻跳出檐下，站在雨中，说：“现在我也在雨中了，您该度我了吧？”

观音说：“你在雨中，我也在雨中，我不被淋，因为有伞；你被雨淋，因为无伞。所以不是我度自己，而是伞度我。你要想度，不必找我，请找伞去！”说完便走了。

第二天，这人遇到了难事，便去寺庙里求观音。走进庙里，才发现观音的像前也有一个人在拜，那个人长得和观音一模一样，丝毫不差。

这人问：“你是观音吗？”

那人答道：“我正是观音。”

这人又问：“那你为何还拜自己？”

观音笑道：“我也遇到了难事，但我知道，求人不如求自己。”

美德心语

任何人的成长都不是一帆风顺的，在小的时候，我们遇到了挫折时总会对父母或长辈有依赖性，但是这种依赖不能够伴随我们一生。因为我们总要长大，父母总有一天会离开我们，那时所有的问题都需要我们独立去思考，去面对。

40．最高统帅绕道

第二次世界大战正在激烈地进行，欧洲战场打得异常惨烈。兵不厌诈，战场上的情况真是变幻莫测。

有一天，大雪纷飞，滴水成冰，盟军最高统帅艾森豪威尔将军乘车回总部参加紧急军事会议。

忽然，将军看到一对法国老夫妇坐在马路旁边，冻得瑟瑟发抖。他立即命令身边的翻译官下车了解详情，一位参谋急忙阻止说：“我们得按时赶到总部开会，这种事还是交给当地的警方处理吧！”

人在难时拉一把，胜过送佛上西天。艾森豪威尔坚持说：“等到警方赶到的时候，这对老夫妇可能早已冻死啦！”

原来，这对老夫妇准备去巴黎投奔自己的儿子，但因为车子抛锚，前不着村，后不着店，正不知如何是好。

于是艾森豪威尔立即把这对老夫妇请上车，特地绕道将这对老夫妇送到儿子家后，才风驰电掣般地赶去参加紧急军事会议。

助人的双手比祈祷的双唇更神圣。艾森豪威尔的善心义举得到了意想不到的巨大回报。原来，那天几个德国纳粹狙击手虎视眈眈地埋伏在艾森豪威尔必须经过的那条路上，如果不是因为行善而改变了行车路线，将军恐怕就很难躲过那场劫难了。

美德心语

“福在积善，祸在积恶”。这句话不能理解成简单的因果报应，但从总体上看，却符合人类社会发展的客观规律。一次善行，可能就挽救了你的生命。

41. 真正的勇敢

妈妈生病了，她的脸色苍白，在床上无力地呻吟着。吃完饭，弗雷德对妈妈说：“从今天开始就让我洗碗吧，我已经12岁了，是个大人了，不能再让你照顾我了。”妈妈感动得眼睛里闪动着泪花。

为了帮助母亲，弗雷德一放学就回家，再也不在学校里和同学们玩雪橇了。尽管他很想玩，但他知道自己应该回家，妈妈还病着呢。

有一天，几个淘气的男孩子偷偷跟在他后面，他们想看看他到底在家干什么。他们从靠近厨房的窗户看见弗雷德正在桌子旁洗碗。

第二天，所有的男孩子都来“问候”弗雷德：“嗨，洗盘子的滋味怎么样？那个花围裙也不错。哈哈！”

弗雷德并不缺乏勇气，当时他真想冲上去狠狠地把那个说话的孩子给揍一顿。但他想到妈妈对自己说的话："要做一个真正勇敢的人。"

"如果靠打架来证明勇敢，那不是真正的勇敢。"他在心里想。于是他静静地走开了，什么话也没有说。身后，那些孩子还在那里嘲笑他呢。

一天深夜，呼喊声把弗雷德从梦中惊醒。"着火了！着火了！"巴顿先生家乱成了一团。他急忙冲了过去，看看自己能不能帮上什么忙。巴顿先生和太太都出去了，只有两个孩子在屋里。大风让火势飞快地蔓延，人们很难靠近。

弗雷德认识那两个孩子，他们都还小，在这样的情况下，如果没有人帮助的话是肯定不能安全出来的，消防队还没有来，可是不能再等了，否则一切都将不可挽回。

救人是第一位的，弗雷德做了简单的思考就冲了进去。他曾去过巴顿先生的家，说不定能找到那两个孩子。

弗雷德顺着梯子爬了上去，很快他就在二楼房间的床底下找到了那两个孩子，并把她们带到阳台上，下面的人将她们接了下去，弗雷德也跟着下去了。刚到地面上，二楼的房子就“轰”的一声塌了。

当弗雷德的同学知道了这件事后，他们再也不取笑弗雷德了，因为他们从弗雷德身上看到了什么才是真正的勇敢。

美德心语

有人说：勇敢和毅力是美德的灵魂。那么，怎样做一个真正勇敢的人呢？故事中 12 岁的弗雷德用行动告诉了我们：打架并不是勇敢的表现，真正的勇敢是能够在危急的时候帮助别人，哪怕是曾经欺负过自己的人。

42.幸福的感觉

乔治是一个懂事的孩子，每到周末的时候他都要去两英里以外的树林里捡柴。

那天是个好天气，乔治一会儿就捡到了许多木柴。太阳升起来了，乔治感到口渴难耐。

于是他找了一个阴凉的地方休息，顺便吃些东西，因为他要到下午的时候才能回去呢。

小溪旁边有一棵大树，那可是个不错的休息的地方。当他到了那里的时候，发现那里长了一些熟透了的野草莓。

“正愁着这些干巴巴的面包怎么吃下去呢！把草莓夹在面包里味道一定好极了！”乔治把帽子放在草地上垫好，小心翼翼地把熟透了的野草莓一个个放在里面。

“要是妈妈能和我一起分享这些美味该有多好呀！可

是她现在却在阴暗的屋子里承受病魔的折磨。”想到这些，乔治把即将送入嘴里的草莓放了下来。

“还是给妈妈留着吧！她现在正病着呢，吃了这些草莓一定会好受一些！”乔治想道。

可是那些草莓实在是太诱人了，乔治心想：“我干了一天活了，就吃一点吧！”于是他就把草莓分成两堆。但是，

每一堆看起来都很小，他便又将它们放到了一起。

“只尝一个。”他想。无意中，他把最好的一颗拿了起来，快要送到嘴里的时候，他发现了那是最好的一颗，于是他又把草莓放下了，心想：“我要把最好的留给妈妈，不，我要把全部的草莓都留给妈妈。”

最后，乔治一颗草莓也没有吃，又去捡柴了。

黄昏的时候他回到了家，当他放下木柴时，听到了妈妈的呼唤：“乔治，你帮妈妈倒杯水吧！我有些口渴。”乔治高兴地把草莓送给妈妈。

“这是你专门留给妈妈的吗？”妈妈眼中已充满了泪水。

“妈妈为有你这样的孩子而感到骄傲，上帝保佑你！”

乔治心想：“原来奉献是这样幸福的一种感觉！”

美德心语

小朋友，读完了这个故事，你有没有很想抱抱妈妈呢？现在，你知道幸福是什么感觉了吗？幸福就是当妈妈卜班回家后你给她倒一杯茶，当妈妈累的时候你主动给她揉揉肩膀……

43. 最大的礼貌

1779 年，德国哲学家康德计划到一个名叫珀芬的小镇，去拜访老朋友威廉 · 彼特斯。康德动身前曾写信给彼特斯，说自己将于 3 月 2 日上午 11 点之前到达。

康德 3 月 1 日就赶到了珀芬小镇，第二天早上租了一辆马车前往彼特斯的家。老朋友的家住在离小镇 12 英里远的一个农场里，小镇和农场中间隔了一条河。当马车来到河边时，细心的车夫说："先生，实在对不起，不能再往前走了，因为桥坏了，很危险。"

康德下了马车，看了看桥，中间的确已经断裂了。河面虽然不宽，但水很深，而且结了冰。

“附近还有别的桥吗？”康德焦急地问。

车夫回答说：“有，先生。在上游 6 英里远的地方还有一座桥。”

康德看了一眼怀表，已经 10 点了。

“如果赶那座桥，我们以平常速度什么时候可以到达农场？”

“我想大概得 12 时 30 分。”

康德又问：“如果我们经过面前这座桥，以最快速度什么时间能到达？”

车夫回答说：“最快也得用 40 分钟。”

康德跑到河边的一座很破旧的农舍里，客气地向主人打听道：“请问你的这间房子要多少钱才肯出售？”

农妇大吃一惊：“您想买如此简陋的破房子，这究竟是为什么？”

“不要问为什么，您愿意还是不愿意？”“那就给 200 法郎吧！”

康德付了钱，说：“如果您能马上从破房上拆下几根长木头，20 分钟内把桥修好，我将把房子还给您。”

农妇把两个儿子叫来，让他们按时修好了桥。马车平安地过了桥，飞奔在乡间的路上，10 时 50 分康德赶到了老朋友的家。

在门口迎候的彼特斯高兴地说：“亲爱的朋友，您可真守时啊！”

康德在与老朋友相会的日子里，根本没有对其提起为了守时而买房子、拆下木头过河的经过。

后来，彼特斯在无意中听到那个农妇讲了此事，便很有感慨地给康德写了一封信。信中说道：“您太客气了，还是一如既往地守时。其实，老朋友之间的约会，晚一些时间是可以原谅的，何况您还遇到了意外。”

一向一丝不苟的康德，在给老朋友的回信中写了这样的一句话：“在我看来，在一定意义上可以说，无论是对老朋友，还是对陌生人，守时就是最大的礼貌。”

美德心语

守时是一种美好的品质，正如康德所说：“无论是对老朋友，还是对陌生人，守时是最大的礼貌”。我们应该从小就养成守时的好习惯，因为它是人们彼此建立信任的基础，只有一个尊重时间尊重他人的人，才能在成长的道路上结交更多的朋友，人生的旅程才不会孤单。

44. 小面包里的金币

在一个小镇上，饥荒让所有贫困的家庭都面临着危机，因为对于他们来说，最起码的温饱问题都难以解决。

小镇上最富有的人要数面包师卡尔了，他是个好心人。为了帮助人们度过饥荒，他把小镇上最穷的20个孩子叫来，对他们说："你们每一个人都可以从篮子里拿一块面包。以后你们每天都在这个时候来，我会一直为你们提供面包，直到你们平安地度过饥荒。"

那些饥饿的孩子争先恐后地去抢篮子里的面包，有的为了能得到一块大点的面包甚至大打出手。他们心里只想着要得到面包，当他们得到的时候，立刻狼吞虎咽地把面包吃完，甚至都没想到要感谢这个好心的面包师。

面包师注意到一个叫格雷奇的小女孩儿，她穿着破旧不堪的衣服，每次都在别人抢完以后，她才到篮子里去拿最后的一小块面包，然后她总会记得亲吻面包师的手，感谢他为自己提供食物，此后她并不吃那块面包，而是拿着它回家。面包师想："她一定是回家和自己的家人一起分享那一小块面包，多么懂事的孩子呀！"

第二天，那些孩子和昨天一样抢夺较大的面包，可怜的格雷奇最后只得到了昨天一半大小的面包，但她仍然很高兴。她亲吻了面包师的手后，依旧拿着面包回家了。到家后，当她妈妈把面包掰开的时候，一个闪耀着光芒的金

币从面包里掉了出来。妈妈惊呆了，对格雷奇说：“这肯定是面包师不小心掉进来的，赶快把它送回去吧。”

小女孩儿拿着金币来到了面包师家里，对他说：“先生，我想您一定是不小心把您的金币掉进了面包里，幸运的是它并没有丢，而是在我的面包里，现在我把它给您送回来了。”

面包师微笑着说：“不，孩子，我是故意把这个金币放进最小的面包里的。我并没有故意想要把它送给你，我希望最文雅的孩子能得到这个金币，是你选择了它，现在这个金币是属于你的了，算是对你的奖赏。希望你永远都能像现在这样知足、文雅地生活，用感恩的心去面对每一件事。回去告诉你妈妈，这个金币是一个善良文雅的女孩儿应该得到的奖赏。”

美德心语

这是一个非常可爱的小女孩，每次得到面包时都会记得亲吻一下面包师的手，更可贵的是看到面包里有一个小金币时知道应该还给面包师。是的，每一个懂得感恩和善良的人都应该得到奖赏。假如是你，你会这样做吗?

45.25年前的梦想

英国有一位叫布罗迪的教师，他在整理阁楼上的旧物时，发现了一叠练习册。这些练习册是皮特金中学 B(2) 班 51 位孩子的春季作文，题目叫《未来我是》。他本以为这些东西在德军空袭伦敦时被炸飞了，没想到它们竟安然地躺在自己家里，并且一躺就是 25 年。

布罗迪顺便翻看了几本，但他很快被孩子们千奇百怪的自我设计迷住了。

其中，有一个叫彼得的学生说，未来的他是海军大臣，因为有一次他在海中游泳，喝了 3 升海水，都没被淹死；还有一个说，自己将来必定是法国的总统，因为他能背出 25 个法国城市的名字，而同班的其他同学最多只能背出 7 个；最让人称奇的，是一个叫戴维的盲学生，他认为，将来他必定是英国的一位内阁大臣，因为在英国还没有一个盲人进入过内阁。

总之，51个孩子都在作文中描绘了自己的未来。有当驯狗师的，有当领航员的，有做王妃的……五花八门，应有尽有。

布罗迪读着这些作文，突然有一种冲动——何不把这些本子重新发到同学们手中，让他们看看现在的自己是否实现了25年前的梦想。

当地一家报纸得知他这一想法后，为他发了一则启事。没几天，书信便向布罗迪飞来了。他们中间有商人、学者及政府官员，更多的是没有身份的人。他们都表示，很想

知道儿时的梦想，并且很想得到那本作文本，布罗迪按地址一一给他们寄了过去。

一年过去了，布罗迪身边仅剩下一个作文本没人索要。他想，这个叫戴维的人也许死了。毕竟 25 年了，25 年间是什么事都会发生的。

就在布罗迪准备把这个本子送给一家私人收藏馆时，他收到内阁教育大臣布伦克特的一封信。他在信中说：那个叫戴维的就是我，感谢您还为我们保存着儿时的梦想。不过我已经不需要那个本子了，因为从那时起，我的梦想就一直在我的脑子里，我没有一天放弃过；25 年过去了，可以说我已经实现了那个梦想。今天，我还想通过这封信告诉我其他的 50 位同学：假如谁能把 15 岁时想当总统的愿望保持 25 年，那么他现在一定已经是总统了。

美德心语

每个人心中都有一个多彩的梦想，但是再过了很多年之后你是不是已经忘了它呢？假如你能把 15 岁时的梦想保持 25 年，那么 25 年后梦想就回变成现实。因为，只要你有毅力和恒心，没有什么事是做不到的，贵在坚持。

46.人生的一等功夫

一个 12 岁的女孩问妈妈：为什么在屋里走动时，总像怕踩地雷似的。

妈妈笑了，说楼下不是也住着一户人家吗？

女孩虽然明白妈妈的意思，但她还是觉得在自己的家里该轻松地生活。

妈妈挺认真，她接着说：“咱们家的地板是楼下张爷爷家的天棚，走路声音大了，爷爷奶奶受不了。”

女孩噘着小嘴：“那为什么咱们家楼上那家不这样想，他们总把声音弄得很响。”

妈妈说：“楼上有一个三岁的小弟弟，他要长大，蹦呀跳呀的需要运动。”

女孩的小嘴噘得更高了：“那受委屈的就该是咱们

家了？”

妈妈更认真了，说：“能为别人着想，是人生的一等功夫。”

美德心语

住在楼房里的孩子们经常会听到楼上传来的“砰砰砰”的响声，那要不要上去理论一番呢？还是女孩的妈妈说得对：人生的一等功夫是能为别人着想。你做到了吗？

47. 奋不顾身的看家狗

有一个年轻人，婚后不久，太太就因难产而死，那个年轻人不得不在工作的同时照看孩子。后来，他养了一只聪明懂事的狗，那只狗不但能看家，还能照顾孩子，甚至可以咬着奶瓶喂奶给孩子喝。于是，那个年轻人就放心地将照看孩子的工作交给了这只狗。

一天，年轻人去别的村子看望朋友，回来的路上遇到大雪，没能在当天赶回家。第二天早上，年轻

人回到家中，他推开房门一看，家里的情况让他大吃一惊：满地都是血。惊慌失措的他急忙冲进卧室，那只狗在床边冲着他大叫，嘴里全都是血，床上也有血迹，他的孩子却不见了。年轻人看到这些，以为这只狗野性发作，把孩子吃掉了，急怒之下，把狗活活打死了。

当年轻人跪在床边，为失去孩子而抱头痛哭时，他隐约听到床下有哭声，循着声音，他看到自己的孩子就在床下。孩子的身上虽然有血，但并未受伤，看到父亲立刻露出了笑容。

年轻人呆了半晌，不知道究竟发生了什么事。他沿着血迹找到厨房，发现了一条已经死去的狼，那只狼的嘴里，还咬着一块从狗身上撕下来的肉。

美德心语

人在冲动的情况下，谁能保证不会做出不理智的事？故事中的年轻人因一时冲动，失去了对狗的信任，杀害了忠心的狗而造成不可挽回的遗憾。因此，永远别在冲动的情况下处理事情。遇事冷静地思考一下，三思而后行，不要让自己在犯错之后才追悔莫及。